DE QUOI RÊVER
Collection dirigée par Jean Chaumely

L'iceberg de Lou Morrison

DU MÊME AUTEUR

Au Cercle du livre de France ou aux Éditions Tisseyre :

LE POUR ET LE CONTRE, (nouvelles), 1970.
TRIPTYQUE DE L'HOMME EN QUESTE, (contes), 1971.
ILSË, (roman), 1972.
LA GRENOUILLE ET LE BULLDOZER, (roman), 1973.
POÈMES DE L'HOMME NON NÉ, (poèmes), 1975).
LE JOURDAIN INVERSÉ, (poèmes), 1977.
LA DAMNATION AU QUOTIDIEN, (roman), 1979.
IL N'Y A PAS D'HIVER À KINGSTON, (roman), 1982.
LE GARDIEN DES GLACES, (roman), 1984. (Prix fiction-roman de la BCP 1985)

Aux Éditions JCL :

L'ABSENTE-ET-VOILÀ, (poèmes), 1985.
GILGAMESH, (prose poétique), 1986.
ARCHITECTURART, (poèmes), 1988.
ROCK, (roman), 1991.
VISTEURS SUR LA PLANÈTE BLEUE, (poèmes), 1988.
LA LANGUE DES ABEILLES, (roman), 1990.
GROS LOT, (roman), 1991.
CHANTS DE LA CINQUIÈME SAISON, (poèmes), 1992.
LE DIRE DE GROS-PIERRE, (roman), 1995.

Aux Éditions de la Pleine Lune :

SUD, (roman), 1995. (Prix fiction-roman du Salon du Livre du Saguenay–Lac-Saint-Jean 1996)
THOMAS K, (roman), 1997. (Prix fiction-roman du Salon du Livre du Saguenay–Lac-Saint-Jean 1998)

Chez Lanctôt Éditeur :

ALMAZAR DANS LA CITÉ, (roman), 1999.
LE RUBAN DE LA LOUVE, (contes), 2000.

Alain Gagnon

L'iceberg de Lou Morrison

(fables de la geste quotidienne)

 TRAIT D'UNION

ÉDITIONS TRAIT D'UNION

284, square Saint-Louis
Montréal (Québec)
H2X 1A4
Tél. : (514) 985-0136
Téléc. : (514) 985-0344
Courriel : editions@traitdunion.net

Révision : Magali Bourquin
Mise en pages : André Chapleau
Illustration de la couverture : André Chapleau
Maquette : André Chapleau

Données de catalogage avant publication (Canada)

Gagnon, Alain, 1943-
     L'iceberg de Lou Morrison
     (De quoi rêver)
     ISBN : 2-89588-052-2
     I. Titre. II. Collection

PS8563.A28122 2003   C843'.54   C2003-941132-X
PS9563.A28122 2003

DISTRIBUTEURS EXCLUSIFS

POUR LE QUÉBEC ET LE CANADA
Édipresse inc.
945, avenue Beaumont
Montréal (Québec)
H3N 1W3
Tél.: (514) 273-6141
Téléc.: (514) 273-7021

POUR LA FRANCE ET LA BELGIQUE
D.E.Q.
30, rue Gay-Lussac
75005 Paris
Tél.: 01 43 54 49 02
Téléc.: 01 43 54 39 15

"Nous reconnaissons l'aide financière du gouvernement du Canada par l'entremise du Programme d'aide au développement de l'industrie de l'édition (PADIÉ) pour nos activités d'édition."

Nous remercions le Conseil des Arts du Canada ainsi que le gouvernement du Canada (Programme d'aide au développement de l'industrie de l'édition) pour leur soutien financier.

Nous bénéficions d'une subvention d'aide à l'édition de la SODEC.

 Conseil des Arts du Canada

Pour en savoir davantage sur nos publications, visitez notre site
www.traitdunion.net

... à Jacob, et à sa réconciliation avec Ismaël,
son frère

PRÉAMBULE

Au pays bariolé du conte, on entre par toutes les portes. Tous les huis mènent aux perles de verre, aux lacets roux, aux chapelets d'ail, aux billes de bois, aux recoins sombres des demeures, aux nuits sans Lune, aux enchanteurs, aux tromperies, aux verres de vin rouge oubliés sur une table, aux fées, aux elfes, aux souterrains, aux kobolds et aux lutins... Tous objets et toutes faunes qui tournoient aux vents de l'inspiration folle.

Le pays de la fable y ressemble en tous points, sauf qu'il vous y faut au moins une opinion, en filigrane dans le récit. En manque de fables — La Fontaine me boude depuis peu —, je me suis cru ingénieux, intelligent même ! Le fabuliste n'est-il pas un ahuri qui réclame de l'ordre au chaos ? Il tente d'y insérer, d'y forcer, sinon une éthique, au moins une manière de voir ; bref, d'expliquer le monde. Le fuyant et le foisonnement des êtres l'assaillent. Ronger la part des ténèbres, étendre le fief de la lumière sont ses buts chimériques et fumeux.

Et les voici, ces modestes sagas ouvrées, avec, en leur début et corps, une réflexion qui ronronne et balbutie, montrant de l'auteur les incapacités sévères.

SMÉDO

Lorsqu'on y songe bien, l'Histoire, l'histoire d'un pays, l'histoire réelle, celle que les gens vivent au jour le jour, est confectionnée de bouts de récits, de légendes, de rumeurs et de ragots que le temps a rafistolés, qu'on a collés ensemble au hasard des discussions de cuisine, de brasserie, de casse-croûte, de dépanneur ou de station-service. On les assemble et on les coud pour en faire une tapisserie, une catalogne, un tissu bigarré — patchwork ! Ou un texte, où les méfaits et bienfaits que la vie envoie à tous et à chacun prennent autant d'importance que la démission primesautière d'un ministre ou que la mort d'un pape.

J'étais de passage dans l'une de ces villes moyennes du Québec profond, lorsque j'ai appris la fin tragique de Smédo.

Il habitait la maison voisine de ce dépanneur où je m'étais arrêté pour acheter des *Rolaids* et des sodas sucrés à l'aspartame. Près de la caisse, où une vendeuse avenante offrait généreusement des 6/49, des super-lotos et des gratteux de tous poils, trois bancs : deux hommes et une femme. Et ils parlaient d'un noyé : — Sont mieux de se dépêcher à le retrouver, les glaces vont prendre... — Quand même de valeur, onze ans. Leur fils unique... — Paraît qu'il n'était pas tout à lui. Il est allé à l'école deux mois seulement. Ils n'ont pas pu le garder. Les spécialistes l'ont examiné, la DPJ a visité la famille... Passait ses journées dans la fenêtre à regarder défiler les autos sur la régionale et à regarder la rivière couler. — Lundi après-midi, il s'est levé de sa berceuse, il a traversé la route et il s'est jeté dans la Calouna. — Sans prévenir ? Ses parents n'ont rien vu ? — Rien de rien ! Les lunatiques, vous savez... — C'était un autiste, dit la fille derrière la caisse. — Moi, je ne suis pas savante, mais on ne l'a jamais entendu parler... — Il n'avait pas d'amis... — Sa mère le couvait trop... — Sont mieux de se dépêcher ; les glaces vont prendre. Le courant est fort. Doit déjà être rendu aux eaux froides du Grand Lac...

Je suçais ma première *Rolaids* de la journée.

Un mauvais jour du tard-automne, ce novembre de la déprime : gris plombé, ciels chargés, les Laurentides imperceptibles dans leur brouillard laiteux au sud, une rivière historique plus morne que le dernier trou d'eau vaseux —

on était loin des fiers canots, chargés à ras bord de pellete-
ries des temps fabuleux de la Traite. Un hiver hypocrite et
maudit, qui ne disait pas encore son nom, mais préparait
tous ses pièges : blizzards qui tuent sur les routes, verglas à
plonger dans le noir toute une région, froids qui triom-
phent dans la pétarade des clous qui pètent, enfilade de
virus qui, dans les crachats et les quintes de toux, enver-
raient les affaiblis au charnier ou au crématorium.

J'ai garé mon auto dans la cour d'une station-service,
juste en face de la maison de Smédo. Sur la rivière, des
hommes lancent des grappins dans les eaux verdâtres.
Avec moins de conviction, c'est certain, que s'ils
pêchaient le doré. Ils le feront trois jours. C'est la coutume.
Puis le coroner statuera. Un entrefilet dans le journal local.
Une mention à la station de radio. Smédo aura vécu.

La grande fenêtre observe la rivière, atone et lugubre —
œil d'un aveugle qui ne se contente pas d'être un mal-
voyant mais n'y voit goutte de naissance, comme ces pois-
sons roses, qui vivent dans les lacs souterrains au cœur des
grottes obscures.

Ce porche, cette étroite véranda, ta mère t'y berçait,
Smédo — tu t'en souviens ? Tu fixais tes yeux ronds, tes
yeux avides de tout le nouveau que la vie t'apportait sur ses
cheveux blonds qu'à l'infini ébouriffaient les vents. C'est à
eux que l'existence se résumait, à cette chevelure et à ces
seins, où tes lèvres cueillaient le lait. Puis tu as su te traî-
ner, et ta mère t'a déposé dans la cour arrière — tu te souviens, Smédo ? L'été t'a assailli, terrifié. Les merles qui rou-
laient sur les gazons verts ; les étourneaux qui piaillaient
dans les cèdres ; le nordet dans les bouleaux ; le soleil, feu
ardent, safran et fauve au ciel ; et tout ce ciel même, si bleu
qu'il t'en écrasait... Tu as hurlé. Convulsions. Ta mère a
téléphoné à Urgence-Santé. On a fait venir ton père de

son travail, rouge et inquiet dans sa chemise à carreaux qui sentait bon la sueur et la sciure de bois. Il souriait, peiné, et tu lisais des millions de signes sur son visage, trop de signes sur son visage. Tu tremblais.

Tes parents ont tranché : trop jeune encore pour le grand air. On l'a sorti trop tôt.

Tu te traînais sur les linoléums. Parfois tu t'agrippais à un meuble et flageolais sur tes jambes. Trop de signes encore : les motifs floraux sur le plancher, la lumière brusque qui entrait à profusion par les baies vitrées au sud, les klaxons et les pneus des autos sur la route, les engrenages des camions, la sirène d'une auto-patrouille, les rires des enfants qui partaient pour l'école, les voix joyeuses de ton père et de ta mère avant le repas du soir...

Tu te traînais jusqu'à ta chambre et t'y réfugiais dans le placard ; dans le noir, il n'y avait plus de signes, plus d'appels.

Tes parents t'en extirpaient et tu protestais de pleurs et de cris.

Un midi, ton père est arrivé avec un chien. « Ça va lui faire un compagnon. Il est trop seul. »

Contrairement à tes animaux en peluche, il gambadait sans que tu le pousses ou le tires. Il écartait les jambes et laissait des plaques jaunâtres sur le plancher. Sa fourrure était chaude. Tu y enfouissais ta tête. Il y avait moins de signes chez ce chien, et ces signes tu ne les craignais pas. C'étaient de bons signes. Tu empoignais sa queue touffue et déambulais sans crainte. Tes parents souriaient.

Un matin, ta mère a pris ta main, et vous avez traversé la ville. Il y avait un édifice brun et des gamins, une foule de gamins et gamines — comme ceux et celles que tu regardais défiler devant chez toi. Ils hurlaient et riaient.

À l'intérieur, on vous a fait attendre, ta mère et toi, dans une antichambre enfin silencieuse et obscure. Il y avait une plante verte entre les murs et les fauteuils sombres, c'est tout. Puis un homme a paru dans une porte. Il lançait des milliers de signaux. Son visage et sa voix devenaient insupportables. Il te parlait et insistait pour te toucher l'épaule.

Puis ce fut à nouveau la cour, le soleil ardent, les courses, les cris, des millions de couleurs qui tourbillonnaient, des millions de couleurs qui allaient t'engouffrer. Tu n'avais pu amener ton chien. Si seulement ton chien avait été là... Tu t'es mis à hurler au milieu de la cour, au soleil, à travers les bousculades, les cris et les couleurs, tu t'es mis à hurler... Et l'homme de l'antichambre, droit et immense, une tour au milieu des gamins attentifs, s'est avancé.

Tu t'es retrouvé dans ton lit. Plusieurs jours. Tu voulais garder ton chien près de toi, te blottir contre lui. On apporta son écuelle près de ton lit. Lorsque tu as pu te lever, tu es retourné au placard, au noir du placard. Ton chien a refusé de t'y suivre. Il t'attendait devant la porte.

Un matin, une femme est venue. Ton père n'était pas allé travailler. Tu les entendais au salon. Ta mère disait : « Chez nous, en Yougoslavie, jadis... » Ton père reprenait : « Chez nous, en Yougoslavie, jadis, les enfants comme lui... » Et la femme répétait : « Je vous assure qu'on a grand souci... Je vous assure qu'on a grand souci... »

Et un matin une femme plus jeune est arrivée. Elle portait des livres. D'abord, elle s'est assise à l'autre bout de la chambre et t'a observé. Sauf son sourire et ses yeux rieurs, elle faisait peu de signes, et ça te rassurait.

Le deuxième jour, elle a avancé sa main vers toi et tu as aimé l'odeur de son parfum. Puis elle t'a montré des livres d'images. Tu aimais bien les images : les signes y sont nombreux, mais comme en prison — ils sont bien ramassés, ils n'ont pas la liberté de faire plein de mal comme ces signes que l'on aperçoit sur la figure des gens ou ces bruits qui proviennent de la rue. Puis elle a sorti des feuilles de papier sur lesquelles tu as reconnu des mots que ta mère t'avait déjà enseignés. Tu aimais bien les mots : eux aussi sont des signes apprivoisés, sous contrôle — s'ils font peur, on n'a qu'à retourner la feuille. Puis, à l'aide de cubes, tu en as formé de nouveaux. Les cubes, c'est comme les pages d'un livre ou les cadres des images, ça contient les signes — comme les chiffres, d'ailleurs, qui t'ont permis d'additionner tout ce que ta chambre contenait de jouets et de statuettes.

Un matin, la fille n'est pas venue pour toi ; elle voulait parler à ta mère. Elles discutèrent longtemps à table devant un café. De ta chambre, tu entendais la fille qui répétait un mot : budget. Et ta mère : « Jadis, quand c'était la Yougoslavie... »

Ta mère a repris les mêmes livres, les mêmes cubes... Mais elle n'avait pas la même odeur, ni la même voix chantante dépourvue de signes. Tu t'es mis à détester les mots, les lettres, les chiffres... Tu ne voulais que dessiner. Tu as pris tes crayons de cire et tu as bariolé les quatre murs de ta chambre, et des rames de papier. « Ça ne ressemble à rien », disait ton père. Et c'est ce que tu voulais, que ça ne ressemble à rien ; quand ça ressemble à quelque chose c'est qu'il y a déjà trop de signes.

La première dame revenait parfois et elle demandait toujours à ta mère et à ton père : « Il s'alimente bien, au moins ?... » Et ta mère ramenait la Yougoslavie dans sa réponse.

Un jour ta mère a trouvé un travail. De temps en temps une voisine venait voir comment tu allais. Elle aurait bien voulu t'emmener chez elle, mais tu as fait une crise terrible, te roulant sur le plancher. On t'a dit : « Tu es un homme maintenant.

Bientôt onze ans. Tu peux te garder toi-même. » La voisine venait plusieurs fois par jour. Ta mère venait déjeuner avec toi. Tu ne lui parlais plus. Toi, tu dessinais et parlais avec ton chien — même s'il n'était plus là : le mois d'avant il s'était enfui et un camion l'avait aplati, sur la route, juste en face de la maison. Tu avais tout vu. Tu as donc enfermé des mouches dans un bocal. Mais elles s'agitaient, se cognaient contre les parois et mouraient.

Tu as pris l'habitude de te bercer devant la grande fenêtre du salon, celle qui donne sur la route, le dépanneur et cette rivière aux eaux lentes, la Calouna — cette fenêtre qui me regarde de son œil chagrin et que je scrute au moment où je te raconte en suçant mes *Rolaids*. Plus l'automne avançait, plus l'eau devenait sombre ; plus tout devenait sombre avant même que ton père et ta mère ne reviennent. Tu te berçais maintenant du matin au soir et parlais avec ton chien absent. Tes mouches, elles ne disaient plus rien : recroquevillées et pattes distendues, elles gisaient au fond de leur récipient.

Le temps passait, indifférent, comme ce flot et ces automobiles, et un malaise se creusait en toi. Tu ne mangeais plus. La voisine l'a reproché à ta mère : « Il se meurt d'ennuyance. »

Ton père a eu une idée. Il a suspendu une mangeoire au sapin bleu, entre la façade et la rue. Le jour même, des oiseaux noirs, gris, roses, y virevoltaient, s'y battaient, criaillaient... Tu les entendais malgré le verre de la fenêtre. Beaucoup trop de signes. Tu t'es emparé d'une pelle et tu es sorti. À la fin de l'après-midi, ton père a examiné les dégâts : graines et plastique fracassé sur le gazon jauni, sur la terre gelée. Il a hoché la tête et il a tout ramassé.

Un lundi, tu as remarqué que le soleil se couchait toujours de l'autre côté du grand pont qui enjambe la Calouna, en amont, à moins d'un kilomètre. Juste avant que tes parents arrivent, il descendait comme un jujube

géant et éclaboussait de sa lumière citron blet un autobus
de la même couleur. C'étaient des jaunes peu agressifs, des
jaunes que tu pouvais tolérer, des jaunes tempérés par le
couchant et la vapeur d'eau. Tu as pensé : il s'agit de deux
amis qui se croisent comme ça, sans façons, pour se saluer,
échanger des gentillesses, chaque fin d'après-midi, au
milieu du grand pont. Et tu t'es dit que si tu les regardais,
si tu les tolérais, c'est que toi aussi tu devenais un ami,
qu'ils t'aimaient et acceptaient de partager avec toi. Le
mardi, ils ont répété leur manège. Le mercredi, ils sont
revenus te faire leurs salutations. Tu as applaudi et, après
leur passage, tu t'es placé devant une glace : tes pupilles
tournaient au jaune — tu étais vraiment l'un des leurs, ils
t'acceptaient. Le jeudi et le vendredi, tu n'as vécu que
pour leur rencontre fugace.

Le samedi, tu as observé ton père et ta mère qui
entraient le marché. Tu as barbouillé un peu. Le jour se
lovait lentement dans la grisaille du tard-automne. À midi,
le soleil. Le pont dessinait son trait noir, horizontal sur la
rivière, vers le nord. Approchait le moment de grâce.
Cette minute où le gros fruit jaune oscillerait à la bonne
hauteur, où le hanneton doré traverserait le cours d'eau,
alors que l'astre hésitant le caresserait.

Le tournesol a plongé jusqu'à la Calouna, s'est immergé
dans les eaux froides : l'autobus n'était pas au rendez-vous.
L'univers a basculé ; de partout surgissaient des signes
tapis. Ton placard même n'arrivait plus à t'en protéger.
Sous le lit, le chien absent aboyait, rageur. Et si le soleil
offusqué se refusait demain ? Ce soir-là, tu as refusé de
manger.

Ton père a dit : « Ça recommence ! » Ta mère a dit :
« Depuis une semaine, ça allait pourtant... » Ton père a
dit : « Lundi, tu devrais arrêter à l'école. Tu devrais parler
à la psycho-éducatrice. » Ta mère a répondu : « C'est
congé, lundi. Mardi, peut-être. »

Tu n'as pas dormi. Tu surveillais la grande fenêtre du salon, par où entre le soleil à l'aube, d'où chaque matin jaillit la lumière. Il est venu. Il n'était donc pas offusqué. Le jour s'est étiré lentement, comme le chat de la voisine. Les corneilles passaient, paresseuses, au-dessus des eaux moirées. Tes yeux ne quittaient pas le pont. À l'heure dite, le soleil était au bon endroit, mais brouillé. Il semblait un peu malade — ou chagriné ? Il allait plonger derrière le pont, sans avoir rencontré son jumeau jaune, absent.

Ton univers a chaviré.

Les signes n'accouraient plus vers tes oreilles et tes yeux en ligne droite. Ils tourbillonnaient, t'engouffraient, t'arrachaient à la terre et au ciel et t'abandonnaient terrorisé au fond de ce placard, d'où ta mère et ton père tentaient de te tirer en vain.

Le lendemain, tu t'es éveillé très tard. Tes parents étaient déjà partis au travail. Ta mère avait laissé des aliments sur le comptoir. Mais tu n'avais pas faim. Avec violence tu te berçais devant la baie vitrée. De ta chambre, le chien absent hurlait. Mais ce chien n'avait plus de fourrure chaude au toucher, ni de langue humide pour lécher ton visage et ton cou. Ce chien ne pouvait remplacer la joie que t'apportaient le hanneton et le soleil, ces retrouvailles de l'amitié où tu te croyais inclus. Ou ils t'avaient exclu, ou ils ne s'entendaient plus du tout.

Tu n'as été surpris en rien lorsque le soleil est descendu derrière le pont sans avoir même effleuré son ami. Il fallait aller lui dire, lui expliquer, l'interroger... Tu es sorti sans vêtements dans l'humidité de novembre, dans l'humidité qui de la rivière montait. Une neige fraîche et légère inscrivait tes pas dans le temps. Une longue phrase, régulière, balancée, de la porte-avant à la route, et de la route à la rive...

Tu pénétrais l'eau tiède et tu te demandais à quel moment tu verrais le soleil, si tu y trouverais le hanneton doré aussi, si tu aurais le temps de t'expliquer avant que la vague obstrue ta gorge...

Ton corps n'a créé qu'un léger remous, un sillage à la surface — tout comme ta vie, un frisson à peine perceptible sur l'aire du temps.

Je n'avais plus de *Rolaids*. Je suis entré dans le dépanneur pour en acheter. Au court comptoir, les voix ronronnaient encore : — Sont mieux de se dépêcher à le retrouver, les glaces vont prendre... — Quand même de valeur, onze ans. Leur fils unique... — N'était pas tout à lui. Il est allé à l'école deux mois seulement. Ils n'ont pas pu le garder. Les spécialistes l'ont examiné, la DPJ a visité la famille... Passait ses journées dans la fenêtre à regarder défiler les autos sur la régionale et à regarder couler la rivière... — Lundi après-midi il s'est levé de sa berceuse, il a traversé la route et il s'est jeté dans la Calouna... — Sans prévenir ? Ses parents n'ont rien vu ? — Rien de rien ! Les lunatiques, vous savez... — C'était un autiste, dit la fille derrière la caisse. — Moi, je ne suis pas savante, mais on ne l'a jamais entendu parler... — Il n'avait pas d'amis... — Sa mère le couvait trop... — Sont mieux de se dépêcher ; les glaces vont prendre. Le courant est fort. Doit déjà être rendu aux eaux froides du Grand Lac...

L'OREILLE BAR

Nous sommes un peuple de taupes. De plus en plus, un réseau de terriers relie nos édifices. Tout ça, c'est à cause de la neige, vous savez. On s'y adapte enfin. Comme l'écrivait Jacques Ferron, au Québec, l'hiver n'est pas une saison, c'est un déluge de neige, un désert froid à se geler les dents, que hantent les blizzards. Peu à peu, nous prenons les habitudes des marmottes et des mulots ; nous ne nous exposons plus inutilement aux rigueurs hivernales. Encore quelques siècles et le Québec entier ne sera plus qu'une immense fourmilière. D'octobre à mai, les trottoirs se videront : nous ne retournerons au grand air que pour l'ouverture des terrasses. Seuls les policiers et les facteurs arpenteront les rues désertes — et encore !

1.

Je me suis débarrassé de ce pyjama rayé, trop voyant...
Puis j'ai emprunté le tunnel qui passe sous le boulevard et
relie l'édifice à bureaux, où je crois bien travailler, à un
centre commercial. À la recherche de mon bar quotidien.
Après le travail, j'aime boire. *Never before five o'clock.*
Toujours au même endroit. Je suis un homme d'habitudes,
un conservateur en politique comme dans la conduite de
ma vie. Dans cette métropole où j'ai suivi Virginia, je n'ai
pas encore trouvé cette buvette ou cette brasserie où je
m'abreuverai de 17h à 18h30 — Virginia ne rentre jamais
avant 19h. En cherchant bien, en y mettant un peu de
bonne volonté, je devrais trouver : je ne suis pas le seul à
affectionner le whisky savouré dans une ambiance calme et
feutrée — je déteste les *cruising bars* et l'atmosphère enfiévrée des deux-pour-un. En fait, je suis un nostalgique de ces
tavernes de quartier, où des buveurs tranquilles s'enfer-
maient dans leur mutisme respectif et ne se permettaient
que d'inaudibles bourdonnements. Lorsque le ton des
conversations montait, j'allais boire ailleurs.

Mon tunnel me mène à un carrefour. Une croix du
chemin urbaine et souterraine m'indique diverses possibilités de consommation : à gauche, épices, fruits et légumes ;
à droite, magasins de vêtements, drugstore, disquaire et
lobby d'un grand hôtel ; droit devant, *L'Oreille Bar* en
caractères gothiques noirs sur fond vert. Des relents de Van
Gogh et de Tintin. Ça me plaît. Je m'enfonce dans un couloir étroit et rougeâtre qui me rappelle un souvenir désa-
gréable : il y a quelques mois, j'ai subi une coloscopie.

Sur un moniteur, je pouvais suivre la sonde et les sinuosités intestinales — mêmes nuances de couleur et si j'approche mon œil, si je touche la paroi, mon doigt rencontre une texture soyeuse et moite. Bizarre.

Le bar me fait bonne impression. Fauteuils confortables, tables basses. Que des hommes. Assez de clients pour ne pas se sentir observé. Pas plus. On porte la cravate... Serais-je tombé sur un club privé ? Le garçon me rassure : « Ce n'est pas un club privé, monsieur. C'est, disons..., un club semi-privé. » Probablement un bar d'habitués. Ça me convient. Je sirote et me cure les dents du bâtonnet plasti-fié, tout en parcourant l'*Investor's Digest* à la recherche des opinions que l'un ou l'autre expert pourrait bien formu-ler sur les titres boursiers que je détiens. Ces opinions sont les seules qui peuvent m'empêcher de dormir, me donner la chiasse ; il s'agit de toute l'humble fortune que je possède.

Sous mon whisky je lis ces caractères que les années rendent de plus en plus minuscules. Un grand gaillard s'avance, me tend la main : « Vous êtes nouveau. La bien-venue chez nous. » Je viens de comprendre la raison sociale de l'établissement ; le propriétaire sans doute : son oreille gauche manque. Je dirais qu'on la lui a arrachée, et de façon très peu chirurgicale : un vilain moignon en lieu et place.

Douleur à une molaire. Traitement de canal en per-spective ? Je bois un autre whisky, puis reprends mes intes-tins en sens inverse jusqu'à la station de métro. Comme le disait le pédant mais redoutable général McArthur : *I'll be back...* Sauf que lui, il n'est jamais revenu.

2.

J'ai connu Virginia grâce à Jean Chrétien et à Stéphane Dion. Curieux truchements.

Sur la plage de l'Hôtel-Motel Baie Bleue, à Carleton-sur-Mer. Je lisais un quotidien avec force grimaces. « Vous vous sentez mal ? » a demandé une voix de miel. J'ai levé les yeux. De l'autre côté de la table à pique-nique, une apparition. Détachée du flot des vacanciers qui, à la journée longue, sous le soleil de juillet, vont et viennent sur les sables, une Vénus, un *top model*, jaillie tout armée, toute dentée, des eaux saumâtres de la Baie-des-Chaleurs. À mon rictus, elle avait cru à une attaque — le cœur, vous savez. « C'est le journal... » Elle a pris un air entendu : « Chrétien... ou Dion ? » « Pas cette fois. C'est ma région d'origine. Ils ont trouvé une nouvelle raison de se chamailler : la création d'une onzième province. Rien que ça ! Comme s'il n'y en avait pas déjà trop... » Mais elle était trop aguichante, la journée était trop belle. Je n'avais aucune envie de me lancer dans de longues explications. Aucune envie de lui expliquer : depuis cent cinquante ans les gens de là-bas s'entre-déchirent à la grande liesse des pilleurs de trésors qui, pendant les échauffourées incestueuses, vident les forêts et les sous-sols, usent et abusent des rivières. Mais cette femme était trop magnifique : je me suis rendu au bar de la piscine pour revenir avec un cinzano et un gin tonic.

Nous avons bavardé tout l'après-midi. Le soir, nous dînions à la salle à manger du même établissement, devant un coucher de soleil de carte postale. « Le plus beau au monde », insistait la serveuse. Tout autour de la péninsule gaspésienne et dans le Bas-Saint-Laurent, toute localité qui

possède la moindre auberge à touristes vous annonce fière-
ment qu'on y admire le plus beau coucher de soleil de la planète et que des photographes des cinq continents s'amènent
chaque année pour le fixer sur pellicule. Ces vantardises
n'empêchaient en rien ce soleil-là, ce soir-là, d'être fée-
rique. Et la nuit, plus encore ; veloutée qu'elle était comme
ce potage à la crème et ce vin rouge dont le satiné n'avait
rien à envier aux petites culottes de Toutatis. Nous en abu-
sions. Les yeux de Virginia éblouissaient comme ces phares
sur la côte sud de la Baie. Moi, d'ordinaire taciturne, je
parlais d'abondance. Et ce n'était pas que le vin ; les sourires de Virginia m'ouvraient des recoins de moi-même que
je ne me connaissais pas. J'étais disert sans nécessité de
mensonges — ce qui est plutôt rare. Elle comblait les vides
de la conversation. Son léger accent m'intriguait. J'en
appris la source : née sur les rives de l'Adriatique, près de
Fiume. Puis études à Paris, enseignement du français langue
seconde dans une université du Middle West, enseignement de la littérature italienne à Vancouver et, depuis six
mois, professeure régulière à l'UQÀM. Elle me dit :
« Vous, vous avez tout à fait l'air désolé et le discours hésitant d'un écrivain. » Je lui ai fait une réponse de Normand.
En fait, j'ai tout d'un *écrivant* au sens où la suffisante,
monopolistique et très subtile Union des écrivains québécois l'entend : un de mes classeurs déborde de manuscrits
que je n'ai jamais osé envoyer à un éditeur ; mais je ne suis
pas écrivain. Quoique mon métier me place à un jet de
pierre de l'écriture : traducteur et réviseur technique. Ça
paie plutôt bien. À condition d'être au bon endroit au bon
moment. C'était la raison qui me faisait habiter Québec à
l'époque. Les poires politicardes y abondent. Les hauts fonctionnaires et les politiciens ont une telle peur de passer pour
ignorants qu'ils ne discutent pas vos travaux, surtout si vous
savez les remettre avec une certaine assurance... « *Tradire,
trahire...* », répétera-t-elle. Et elle riait. Et, chaque fois

qu'elle riait, le collier à dents d'ours, qu'elle avait dû acheter chez les Micmacs de Pointe-à-la-Croix, sursautait sur sa poitrine où mes yeux s'attardaient.

Je la reconduisis jusqu'à son motel, devant la piscine. La nuit était chaude. À sa cime obscure, les engoulevents criaient et soupaient goulûment d'insectes. Elle entrouvrit sa porte. L'intérieur en était rouge sang, comme dans *Le songe de la chambre rouge*, le classique chinois de Cao Xuequin. Elle a posé un baiser sur ma joue ; je lui ai fait un baisemain — en véritable dadais, comme l'écrirait Jacques Ferron, ce divin docteur dont le portuna noir hante les chemins littéraires de Yamachiche, du Bas-Saint-Laurent et de la Gaspésie.

J'ai rêvé d'elle. Les romantiques ont des fixations premières sur les cheveux et les yeux ; les sensuels sur les lèvres et la bouche ; les plus lestes sur les seins et les fesses... Moi, pour Virginia, c'était les dents. Pas les dents d'ours de son collier qui cliquetaient contre ses mamelles à ses fous rires ; ses dents, à elle. Bizarre. Ses incisives et ses canines. Elles n'ont pourtant rien d'anormal ! Une dentition tout ce qu'il y a de plus régulier. Je me suis dit : un de ces jours, faudra que je m'allonge sur le divan d'un psychanalyste. Puis, en songeant à Woody Allen et au nombre d'années qu'il s'y est étendu sans résultats apparents (au grand bonheur des cinéphiles !), je me suis ravisé.

À la mer, je me lève tôt. Question de rentabilité, de retour sur l'investissement : si je dormais la moitié du jour, aussi bien dormir à moindre frais dans mon trois-pièces urbain. À cette heure, la plage est encore libre de cette faune infâme qui, dès la fin de la matinée, la maculera de peaux distendues, de corps disgracieux. À cette heure matinale, les motos-marines sommeillent encore dans leur abri huileux. Que la musique de la houle sur les galets et les cris des oiseaux de mer. De quoi vous réconcilier avec le monde et avec vous-même.

À Carleton, je prends à droite sur le boulevard Perron jusqu'à la rue du Quai. Je passe devant une minuscule librairie qui m'a plusieurs fois étonné par la richesse de son fonds. Quelques arpents sur une route asphaltée entre les foins de mer, dans les odeurs de sel et de goémon pourrissant, et j'atteins ce quai rouge où d'éternels pêcheurs trempent leur ligne. Sur ma gauche, le resto-bar de la marina. Tôt ouvert pour les marins et les excursionnistes. Et un café à réveiller les députés en chambre. Je le bois et sur la rade on s'affaire. Cliquetis des cordages contre les mâts sur les voiliers, cris des sternes qui plongent et crèvent la surface, touristes qui discutent avec le capitaine le tarif d'une randonnée en mer, bihoreau violacé qui, d'un vol lourd, se déplace d'une roche à l'autre du perré... J'en étais à ces sensations sublimes lorsqu'un mouvement régulier attira mon regard. Sur le chemin de gravier, en provenance de cette tour qui surplombe le sanctuaire de l'avifaune, Virginia joggait dans le soleil. Grandes enjambées sur le gravier crissant. Elle m'a reconnu. Un signe de la main et elle a bifurqué vers la véranda où je paressais. Odeur de musc de sa sueur. « Vous êtes vraiment belle », j'ai déclaré spontanément. « Pas ce matin ! » Elle a ri, a retiré sa casquette et ses verres teintés pour ébouriffer ses cheveux. Puis, dans le silence, nous avons observé le même paysage. Un harle commun nous a offert tout un spectacle de plonge et de replonge. De son bec en dents de scie, il pourchassait les alevins contre les parois ombrées du quai. Mon corps était éloquent ce matin-là. Après une vingtaine de minutes, elle m'a demandé : « On rentre ? » « Si vous cessez de courir, si vous marchez. Je n'ai plus votre âge... »

Dans la chambre rouge, nous nous sommes douchés à deux. Auparavant, elle s'était brossé les dents.

Deux semaines plus tard, dans la fourgonnette qui transportait mes minces bagages vers la métropole — traducteur, j'étais le plus transplantable... —, je me répétais : la Belle et la Bête ; la jeune dame et le barbon...

3.

Pour un conservateur comme moi, la deuxième fois consacre l'habitude. Après le travail, je remonte le boyau rosâtre au carroir du souterrain. J'y glisse déjà avec l'aisance d'un habitué qui sait trouver confort, respect et whisky à l'autre extrémité de ce voyage initiatique pour Ulysse fessu.

J'approche de la lumière bleutée du bar lorsque, de la paroi lisse et striée de rouge, me parvient mon nom. Une voix de femme, une voix de miel. À deux reprises. Chuchoté mais distinctement. Je m'arrête, je tends l'oreille. À nouveau ! Et on jurerait la voix de... Mais tout ça n'a aucun sens ! Je passe la main sur la cloison humide. Un mucus répugnant colle à ma paume. Je me hâte : l'alcool roussâtre effacera le dégoût.

Déjà, on me reconnaît. Celui qu'hier j'ai jugé être le propriétaire me présente au hasard des rencontres, de la porte au comptoir. Puis il m'interroge : mon travail, mon lieu de résidence, ma famille... Je le trouve un peu indiscret. Mais j'évite de lui déplaire : je me sens si bien ici. Par souci de diversion, je lui raconte l'expérience amusante du couloir. Il sursaute. Il paraît étonné, pas de doute, mais pour une raison surprenante : « Mais vous n'en êtes qu'à votre deuxième visite !... » Il me prend le bras et m'entraîne vers une table en retrait, dans un antre du fond. Une dizaine d'hommes siègent à une longue table. Mon hôte m'a laissé un peu derrière ; il se baisse pour chuchoter. Les hommes froncent les sourcils. Puis ils m'invitent.

Dans la pénombre, j'aperçois leurs dents qui brillent et j'entends fuser leurs questions en porte-à-faux. Les réponses les intéressent peu. C'est ma voix qu'ils souhaitent entendre, je le sens. L'un m'interroge sur le hockey, l'autre sur le football, un troisième me demande si j'ai des actions de Nortel Network... Un quatrième donne dans le pléonasme et me demande si j'ai rencontré récemment *une étrangère que je ne connaissais pas...* Un bout de réponse à l'un, un bout de réponse à l'autre : j'ai l'impression de jouer au ping-pong et de retourner instinctivement les balles. Mes yeux s'habituent peu à peu à l'obscurité et... Stupéfaction ! À tous ces hommes manque une oreille. En lieu et place, un moignon peu esthétique saillit. « La bienvenue dans le club, compagnon. Vous serez bientôt des nôtres », avance une échalote à ma gauche. En face de moi, un vieillard affirme avec envie : « Il m'a fallu attendre onze ans ! Vous comprenez ? Onze ans ! Toutes ces années à boire mon whisky au comptoir ou aux tables circulaires avec toute cette racaille... » Avec mépris il désigne ces buveurs sans grades, dont deux oreilles ornent le crâne. « Vous avez de l'avenir chez nous. La présidence vous attend. D'ici deux ou trois ans, je le jurerais. Et je m'y connais ! » fait un poussif ventru, qui ahane au seul geste de lever son verre dans ma direction.

Je réponds aux toasts et ramasse mes affaires : Virginia rentrera plus tôt ce soir.

Le propriétaire m'accompagne vers la sortie. Il me manifeste un grand respect et me chuchote en confidence : « Lorsque vous entendrez votre nom, ne résistez pas. Arrêtez-vous, tendez bien l'oreille... »

Je l'ai tendue, l'oreille ; et je l'ai perdue. À la place, un moignon sanguinolent que j'éponge devant la glace de la salle de bain. Virginia m'a ouvert la porte. Elle souriait de toutes ses dents. Pas étonnée pour un sou. Elle savait déjà. Elle savait que j'étais devenu le nouveau Van Gogh du

Plateau. Elle était là, présente dans ce boyau, lorsque j'ai approché mon oreille de la paroi qui suintait de mucosité et chuchotait mon nom. Elle était là, embusquée derrière ses dents.

Elle a sorti le champagne, aspergé le vivoir d'eau de rose, revêtu un déshabillé ; les dents d'ours cliquètent entre ses seins... On ne me la fera plus. Je me suis renseigné sur elle : elle n'enseigne pas à l'UQÀM, mais travaille chez un mécanicien-dentiste. Ça ne me déconcerte pas. J'avais deviné. Je sais tout. Pas question de sortir de cette salle de bain pour tomber dans un piège trop évident. J'y risquerais mon autre oreille — ou pire encore ! Me rendre au balcon. De là, je pourrai peut-être héler quelqu'un dans la rue, crier au secours...

... Curieux, j'y suis déjà, sur le balcon ! Suffisait d'y penser. Mais le balcon ne se ressemble plus, n'est plus fidèle à lui-même. Envolées les mangeoires d'oiseaux et les jardinières. Un grillage solide l'entoure. À peine si un cri peut s'y faufiler. La rue aussi a disparu et une cour asphaltée remplace la cour intérieure gazonnée du complexe que nous habitons. Un parfum âcre s'est substitué aux roses de Virginia. Le vivoir éclate maintenant sous une lumière aiguë. Une voix autoritaire commente : « Il ne prend plus sa chlorpromazine. Il s'est remis à l'alcool... Automutilation, cette fois. » « Infirmière ! Le sédatif ! » hurle une autre. Je me débats, fesses dénudées. Dans un cliquetis de dents d'ours, Virginia s'avance, seringue en main...

NÉPÉ

ou

L'ENTERREMENT DE PREMIÈRE CLASSE

J'aime les francs salauds. Ils sont rares. Avec eux, on s'explique rapidement : « Tu me donnes ceci, je te donne cela... » Avec les autres, les demi-sels, les couilles molles, faut inventer de bonnes causes, des motifs ; faut faire des circonlocutions, de la guimauve, rechercher les contingences, les circonstances... Et ça m'ennuie ! Malheureusement, ces faux-culs pullulent. Peut-être est-ce dans l'ordre des choses ? Trop de vrais salauds ou de vrais saints rendraient toute société invivable : le mensonge n'est-il pas l'huile qui permet à la machine sociale de bien tourner ? Les vrais salauds et les salauds-à-excuses, remarquez, s'adonnent aux mêmes forfanteries, aux mêmes exactions ; sauf que les premiers sont au moins honnêtes envers eux-mêmes — ce qui est un début. Ils veulent réussir, ils veulent gagner la grande course sociétale et ont décidé, une fois pour toutes, de prendre des raccourcis. Lorsqu'ils se regardent dans le miroir, ils ne se font pas illusion. Les faux-frères, eux, sont les fils du mensonge, du faux prétexte, du faux-fuyant et de l'auto-illusion. Ils portent sous le bras des paquets de disculpations, d'échappatoires, d'hésitations morales, de dérobades et de regrets : bref, d'apitoiement sur soi. « Je n'ai pas eu le choix... Que voulez-vous ?... » reviennent comme un leitmotiv dans leurs incessantes confessions. Un franc salaud peut devenir quelqu'un de très convenable à l'approche de la retraite ; un pleurnichard de l'autoflagellation jamais. Après une vie désespérément normale, il mourra victime des circonstances qui l'ont amené, bien malgré lui, à commettre un tas de malversations, de forfaitures et de déprédations.

1.

Les faux-culs et les crosseurs peuvent tout de même provoquer un sentiment de sympathie — surtout en début de course, lorsqu'on peut croire encore à leur naïveté, avant que l'événement les ait révélés. C'était le cas de N* P* — je vais l'appeler familièrement Népé, tiens ; ça m'évitera de clavarder sans cesse vers cette étoile à six branches, en haut du 8, tout en me permettant de parer à d'éventuelles poursuites en diffamation.

Népé était de gauche. Par géographie du cœur et par inclinaisons biographiques. À la papeterie locale, son père avait fondé le premier syndicat et sa mère avait milité au côté de John Harney à la mise sur pied de l'éphémère, du dilettante, du sélect et du bouffi NPD-Québec. Tout naturellement, il était entré en Travail social, comme jadis un fils de médecin ou un fils de notaire embrassait une profession libérale. À sa diplômation, un mouvement coopératif l'accueillait dans ses rangs touffus et quiets, à titre de responsable des projets à petite capitalisation. Puis il s'était marié avec Nadia, s'était construit un bungalow ; un enfant, deux enfants... On ne lui connaissait aucun défaut. Tout au plus certaines habitudes dysharmoniques, qui juraient un peu avec son parti pris idéologique pour les plus humbles de la société. Ainsi, dès l'adolescence, il avait consacré une portion importante de ses économies à l'achat de coûteuses cravates italiennes ; il portait également des complets sur mesure qui juraient avec le prêt-à-porter de ses proches. Il conduisait une berline modeste ; mais, près de son lit, s'empilaient des magazines exhibant

des Porsche et des Lamborghini... Mais n'avait-il pas droit
à ses manies ? à quelques incohérences ? Un dimanche
d'août, plusieurs concitoyens étaient venus le solliciter : à
l'automne, on le portait à l'échevinage. Il fut un élu exem-
plaire et, à ce poste, acquit de l'envergure. Il s'occupait
avec zèle — cela va sans dire — des problèmes de vidanges,
d'égouts, de trottoirs, et, en sus, sa présence au conseil de la
MRC[1] lui ouvrait l'esprit sur les problématiques régionales :
chômage, exode des jeunes, taux de suicide, désintégration
marquée des réseaux d'éducation et de santé... Avec la
complicité des pouvoirs politiques et la complaisance des
médias locaux, les transnationales et l'État pillaient la
région de ses ressources et, en retour, n'y abandonnaient
que des salaires. Aucune redevance significative, aucune
transformation sérieuse de la matière première. « Notre
région est comme une coupe de champagne qu'on vide
sans jamais la remplir... », avait déclaré au début du siècle
dernier un industriel célèbre avant de faire faillite. Népé
avait fait de cette affirmation son credo, son leitmotiv. À
la table de la MRC, au conseil de ville, dans ses déclara-
tions à la presse, il répétait la même chose : « Le problème,
à la base, c'est qu'on donne notre butin contre du salariat.
Aujourd'hui, les *bosses* parlent français, mais on reste des
colonisés quand même. » À force de se répéter, il s'était
convaincu et avait convaincu les autres ; il s'était attiré de
la considération, la réputation d'un homme cohérent,
probe et courageux, qui ne s'enfargeait pas dans les fleurs
du tapis. Lorsqu'un infarctus opportun eût éliminé le maire
Godin, Népé avait cueilli la mairie par acclamation. Enfin
en selle, il avait restructuré l'administration municipale de
façon à consacrer la majeure partie de son temps à cette
lutte sans merci contre les pilleurs de ressources. Il avait
délégué aux conseillers la présidence effective de ces

---

[1] Municipalité régionale de comté.

comités traditionnellement réservés au maire et avait formé un super-comité des revendications où siégeait un éventail large et hétérogène : quelques conseillers, des maires des municipalités voisines, des hommes et des femmes d'affaires, des représentants syndicaux, des représentants d'organismes communautaires... Un véritable conseil de guerre, auquel ne manquait pas le nerf, l'argent : les corps publics et les divers organismes à vocation de développement économique avaient généreusement ouvert leurs coffres — d'autant plus que leurs dirigeants siégeaient au même super-comité. On avait embauché des spécialistes de l'université régionale et, après six mois de règne, Népé s'était retrouvé à la tête d'un mouvement d'opinion important, qui ne manquait ni de munitions intellectuelles ni de munitions politiques.

Les démarcheurs des grands partis politiques fédéraux et provinciaux commençaient à l'approcher en vue d'élections éventuelles : Népé les décourageait sans ambages — n'étaient-ils pas les complices actifs ou passifs des pilleurs de ressources ? Quant à lui, il n'avait qu'un drapeau : celui de sa région.

Une fin d'après-midi, dans un cocktail à la Réserve navale du chef-lieu, il allait partir. Dans le vestiaire où il passait son imperméable, Fauteux, le vépé régional d'une des transnationales pilleuses, s'était approché :

— Y a un bout de temps que je veux vous rencontrer, monsieur le maire. J'admire votre travail, ça prend du courage et de la persévérance...

— Vous admirez mon travail ?

— D'où je viens, pensez-vous ? Je suis originaire de cette région moi aussi. À deux rues de chez vous. Je suis un peu plus âgé. J'apprenais à conduire et vous faisiez du tricycle au beau milieu de la rue. Mon père me répétait : « Frappe pas le p'tit Payette ! Fais attention au p'tit Payette ! »

Les deux hommes rirent.

– J'ai rencontré votre frère, Hervé. Un jeune homme intéressant. Il a de l'avenir, avait ajouté le vépé. Faut qu'on se voie prochainement. Je vous téléphone.

Sur le parking, Népé admirait la Chrysler New Yorker où se glissait Fauteux.

Dans la tiédeur de sa Toyota, il s'interrogeait. Cette rencontre le tracassait. À l'approche du vépé, il s'était raidi. Puis l'amabilité de l'homme l'avait désarmé un peu. Ces références à l'enfance... « Il ne m'aura pas comme ça ! » Qu'est-ce que Hervé venait faire dans cette galère ? Après la mort hâtive du père, Népé était devenu chef de famille : deux sœurs, un frère. Hervé était le cadet. Il terminait un doctorat sur les coopératives de production. Son anticapitalisme apparaissait notoire à son aîné — même si les coopérateurs ne sont plus ce qu'ils étaient... Comment avait-il rencontré Fauteux ? Le hasard des sièges d'avion ? Probablement. Lorsqu'on habite une région périphérique et qu'on embrasse des responsabilités, vaut mieux ne pas avoir le mal de l'air. Hervé avait de l'avenir dans le social. Népé l'avait embauché comme chercheur à son super-comité. Son frère avait élaboré des argumentaires impeccables, qui stigmatisaient les grandes entreprises et les gouvernements, et démontraient, chiffres à l'appui, les pertes immenses que la formule d'exploitation (d'accaparement !) actuelle des ressources naturelles occasionnait.

2.

Il en a reçu des tapes dans le dos. Ils sont encore tous
là, sur le tarmac. Les membres du conseil, du super-comité,
les représentants des médias régionaux, les députés, les supporters anonymes... Népé s'envole avec les espoirs d'une
région. Et, en plus des revendications traditionnelles, une
dernière — mais de conséquence ! — s'est ajoutée ces derniers jours : la papeterie refuse maintenant d'investir dans
cette méga-machine qui devait garantir emplois et compé-
titivité. Les syndiqués ont pourtant consenti d'énormes
sacrifices ; les responsables syndicaux ont travaillé jour et
nuit, en collaboration avec la direction locale, à l'élabora-
tion et à la présentation de ce projet d'acquisition : un
changement d'attitude radical si l'on songe au militantisme
passé.

Le bimoteur décolle, vire sur l'aile, prend le cap. La
ville, ses usines, les champs... Puis cette forêt, trouée de
lacs mornes, fissurée de vallées innombrables, transforme
en îlot isolé la mince conurbation qui s'étire le long du
fjord. Il ne craint pas l'avion, mais beaucoup de sa belle
assurance disparaît à mesure que s'éloigne le sol. Une telle
fragilité au centre d'une telle sauvagerie. Suffirait qu'un
géant, ou toute autre force obscure, gratte un peu la surface
du globe... Pas facile à métamorphoser en paradis. Partage,
solidarité, autonomie décisionnelle, autogestion, prise en
main... Tous ces mots lourds, si rassurants lorsqu'on se les
répète en comité ou autour d'un gin dans le sous-sol enfumé
d'un ami, là-haut, perdent leur poids soudain.

Et comme pour ajouter à son insécurité croissante, en lisière d'une forêt privée, cette carrière de gravier où Lacasse et ses amis ont le projet d'établir une usine de cogénération. Ils ont besoin de subventions, ils ont besoin de sous, du peu d'influence politique dont jouit Népé. Au dix-neuvième trou, ils lui ont fait une offre alléchante : — Une quarantaine d'emplois pour une petite municipalité, ça fait une différence. — De l'énergie propre. — Des actions pour toi, pour tes efforts, pour ton expertise... — L'expertise, ça se paie... — Un job aussi. On a besoin d'un bon homme : d'un gestionnaire du personnel humain et qui saura transiger avec les autorités en place... Penses-y ! — Un de ces jours, peut-être, a répondu Népé. Dans le moment, ce n'est pas ma priorité. Vous savez où est ma priorité : la transformation de nos ressources naturelles en région et le juste prix pour leur utilisation. — Faut vivre en attendant, Népé, ont-ils repris en chœur. On existe, nous autres aussi. Un projet n'empêche pas l'autre. Même que la papeterie pourrait nous aider là-dedans... Le fonds régional en capital de risque, tu en connais les gros contributeurs. Avec eux autres, tu sais, on se retrouverait sur la *short list.* À Ottawa comme à Québec. Peu importe le parti ministériel. Finies les génuflexions devant les fonctionnaires... C'est le pouvoir, ça, Népé !

Népé s'imaginait assez bien derrière un bureau à transiger avec des gens importants, à gérer *humainement* une quarantaine de personnes au moins. C'est pour ça qu'il aimait être maire : son importance devenait évidente lors des assemblées du conseil, lors des points de presse qui suivaient, lorsqu'il présidait les comités... Par contre, sa vie hors mairie lui semblait de plus en plus mesquine. Son travail quotidien ne volait pas très haut : discuter avec des démunis, des insolvables, de projets qui allaient échouer en majeure partie, n'allaient démarrer ou vivoter que grâce à un échafaudage complexe et contradictoire de subventions gouvernementales — aucune envergure. Ce n'est pas qu'il les méprisait, ces gens, au contraire ! Mais il se sentait né pour les grandes affaires. Les ailes d'un aigle dans une cage à moineaux...

– C'est désert, hein ? Ça t'impressionne ?

Fauteux se tient dans l'allée, café fumant en main. Pourtant l'affiche lumineuse exige le port de la ceinture de sécurité. Mais l'entreprise de transport aérien leur appartient aussi. Népé l'oubliait. Ils ont la possession si discrète.

– Chaque fois, ça me frappe..., confesse Népé.

Il s'en veut. Pas le moment des états d'âme. Surtout pas devant Fauteux. Bien garder en tête la raison de sa présence sur ce vol en direction de la métropole.

–Vous permettez ? (Tiens, il le vouvoie de nouveau.)

Et le vépé s'assoit.

Et il respectera le silence de Népé qui se sent tout de même agressé par le journal de Fauteux, qu'il déploie avec fracas, par ses ordres brefs à l'agente de bord, par son sourire invariable à quelques centimètres de son oreille.

C'est la première fois que Népé monte dans une limousine. À Saint-Euxème, lorsqu'on va chercher un visiteur de marque à l'aéroport, on utilise la Lincoln du conseiller Lacasse. Même en étirant le bras, Népé ne pourrait toucher la nuque du chauffeur encasquetté. Face à lui, Fauteux, le Bouddha qui se bidonne, a pris place. À sa droite, le bonze : le président exécutif, William T. Hammerfest. Contrairement au vépé régional, ses vêtements sont de bonne coupe. Népé apprécie. Le président sourit lui aussi, mais par intermittence. Il serait plutôt sévère. Des sourires de convenance.

– *Mon* femme aimerait connaître *ton* femme... Fauteux m'a dit *ton* femme travailler avec enfants pour *les* apprendre parler. *Mon* femme *s'être* spécialiste des langues. Elle *parler* huit langues : anglais, *of course*, *Spanish*,

Hungarian, Italian, Russian, Bulgarian et même pas mal le français. Moi, le français, même si je... même si je... *Even if I grew up in Montreal...*

– Même s'il a grandi à Montréal.

– Merci Fauteux. Moi le français, c'est pas ma tasse de thé. Mais j'admire beaucoup votre littérature : des auteurs très *famous* : Balzac, Voltaire, *Montesquiou*, Corneille, Roch Carrier... *La guerre, yes Sir !* Alain Dubuc, Jean-Louis Roux... Puis j'apprends à parler *fluent* en espagnol. L'espagnol, c'est facile. Puis c'est le *future*. C'est comme l'anglais.

Népé se demande : « Cet homme est fou ? Il se paie ma tête ? Ou il est d'une naïveté à battre un âne au poteau ? »

Pas le temps de trouver la réponse. Les ténèbres d'un stationnement souterrain engluent la limousine.

Les secrétaires sont avenantes et les tapis soyeux. Un bois brun et bien vieilli recouvre les murs. À l'intérieur de la salle de conférences, une vingtaine de personnes. Des inconnus qui s'immobilisent et le dévisagent sans trop d'aménité. Ça le rassure de se retrouver entre Fauteux et Hammerfest. Le président exécutif le présente. Se succèdent une douzaine de : « — *How do you do ?* — *Nice meeting you.* — C'est mon plaisir... » — Très heureux de vous rencontrer... » Un *How do you do ?* entre autres, résonne avec un accent Île-de-France très appuyé.

Puis s'installe le silence.

Jusqu'à ce que son vis-à-vis lui demande brusquement mais avec grand sérieux :

– Avez-vous, vous, en haut, là, vous, rencontré des grosses poches ?

Népé est déconcerté. Fauteux s'esclaffe et vient à la rescousse :

– Hudson apprend le français. Il a une peur bleue de l'avion. En fait, il vous demande si vous avez rencontré des poches d'air...

Hammerfest a levé le doigt en direction d'une échalote aux lunettes rondes. L'homme se dirige vers une des extrémités de la salle. S'abaisse un écran. « Pour le bénéfice de monsieur le maire... » (L'accent pointu ! L'accent hexagonal ! C'était donc lui le *How do you do ?* si peu saxon.) « Les *colleagues* trouveront les mêmes *informations* en annexe au *proposal* que j'ai *dispatché* à leur *home* pendant le week-end du *Thanksgiving*. » Une mappemonde apparaît à l'écran. Des points rouges la tachètent et des flèches la zèbrent. Des courbes et des histogrammes, des colonnes et des colonnes de chiffres. Des comparaisons de rendement entre les diverses usines : un assemblage à échelle mondiale. Taux de change, salaire horaire, syndicalisation, taxes sur les masses salariales, tarifs douaniers, redevances sur la rente, impôts de toutes sortes... Et surtout : des tonnages cerclés de rouge indiquent des surplus de production planétaires. Un actuaire s'y perdrait. Des chapes de plomb s'accumulent sur les épaules du maire.

Après quarante-cinq minutes de ce manège, c'est le tour de Népé. Il ouvre le porte-documents sur lequel se détachent les armoiries rouges et vertes de Saint-Euxème et toussote. Toutes ces pages, fruits de longs palabres, soigneusement formatées en Word 2000 par la secrétaire de la municipalité, n'apparaissent plus pertinentes. Elles disent encore la vérité, sans doute, mais la vérité de Saint-Euxème.

Il commence tout de même l'énumération des griefs : les redevances pour utilisation des ressources qui ne représentent rien si on les compare à la portion de la rente que les multinationales doivent payer aux USA, les coupes sauvages qui ont éloigné les forêts exploitables, les seuls salaires comme retour aux régionaux, l'absence de transformation de la matière première en région... Il s'entend et se trouve hors propos. Pire, il se sent *paroissial*. Fauteux et Hammerfest ont conservé leur sourire poli ; les autres sont sans expression aucune : avec respect ils attendent — certains agitent leur verre d'eau, l'heure de l'apéritif approche. Le Français *fluent* est le seul à manifester ouvertement quelque impatience : renversé vers l'arrière, il fixe le plafond et soupire.

Népé conclut.

– *Any questions ? Any comments ?* demande Hammerfest.

Les visages demeurent de bois.

– *Anything you would like to add, mister Mayor ?*

Il n'a pas le temps de répondre. Les cadres se sont levés en bloc.

– On va aller manger avec Hammerfest et Norma, sa femme, chuchote Fauteux. Elle a insisté pour vous rencontrer.

La salle à manger déborde. Affluence, mais atmosphère feutrée. À peine un murmure — rien de comparable avec le brouhaha de la brasserie Chez Bob et Bobette. Ils suivent le maître d'hôtel à la queue leu leu : en tête, Norma et Népé ; viennent Hammerfest, Fauteux et Durand-Durant, le présentateur longiligne à la morgue parisienne.

Dans la limousine, Népé lui a demandé :

– Vous êtes Français ?

L'homme a haussé les épaules :

– Si vous voulez... Un peu Français, un peu Suisse, un peu Canadien... Quelle importance ! Ça ne signifie plus rien, sauf pour les pl...

Il allait dire les ploucs, et il s'est retenu. Népé peut en jurer.

– C'est un citoyen du monde ! lance avec emphase Hammerfest.

– Comme nous le devenons tous, par la force des choses, renchérit Fauteux.

3.

Le noir à l'extérieur de la carlingue, l'éclairage feutré, le ronronnement des moteurs, l'alcool absorbé avant l'embarquement, tout mène à l'engourdissement des sens, au sommeil, et Népé y sombre presque, mais, chaque fois il s'éveille en sursaut. Comme dans ses cauchemars d'enfance, virevoltent, déformées, des images de la journée : habits bien coupés, cravates de soie, parfum de Norma, sa gentillesse envahissante, l'intérêt qu'elle porte à sa famille, et tous ces bijoux qui sur ses membres fins rutilent, et que Népé voudrait bien voir au cou et aux poignets de Nadia. Il est seul. Fauteux discute avec le pilote et le copilote. Il se tient à distance. « Il me laisse mariner », se dit Népé.

À ses pieds, dans une boîte de carton renforcé, le bonsaï que Norma lui a remis pour son épouse. Charmante attention. Toute la journée d'ailleurs a été charmante. À aucun moment — il s'en faut — Népé ne s'est senti bousculé. On l'aurait plutôt broyé, comme un tapir qu'absorbe lentement un anaconda.

Au milieu de l'après-midi, entre deux rencontres, Fauteux l'a surpris à considérer les autres tours à bureaux par la fenêtre de la salle de conférences.

– Ça impressionne, hein ? a-t-il lancé.

Népé connaissait ce centre-ville et il l'admirait. Mais il l'avait connu comme visiteur, comme spectateur. Aujourd'hui il s'y retrouvait comme acteur. Et acteur, le mot est fort : un bien petit rôle, une utilité, presque une figuration.

– De très gros moulins à vent, a commenté Fauteux. C'est ça, le pouvoir. C'est silencieux, c'est massif, c'est sans pitié, a terminé le vice-président régional.

Un entonnoir. Les rencontres, les questions, les réponses : une série d'entonnoirs logiques auxquels on ne peut échapper. (Un piège poli, monté par des hommes portant des cravates de soie que Népé appréciait en connaisseur, toutefois.) Les entonnoirs logiques, ça effraie et ça rassure à la fois. Ça disculpe. Ça permettra au moins d'expliquer : « On n'a pas le choix. On ne peut faire autrement. » Puis tous ces chiffres qui appuient des menaces voilées, mais de plus en plus tangibles : — Hypothétiquement, on pourrait déménager dans le Sud. L'Amazone, vous connaissez ? C'est puissant, l'Amazone. On peut en tirer des mégawatts d'un fleuve comme ça. Et sans les contraintes que nous impose le Code du travail québécois. — Si vous partez, vous ne partirez toujours pas avec les usines sous le bras, avec nos rivières, avec nos forêts. On sera là, nous autres. On sait produire. On a les ingénieurs, les techniciens, les ressources humaines... rétorquait Népé. — Et à qui vous allez vendre votre production ? À Castro ? À Saddam ? À Kadhafi ?

Puis, dans le vestibule du restaurant, ce sous-ministre :

– Votre conseiller, monsieur Lacasse, c'est un homme d'affaires avisé. Son projet de cogénération, ça va dans le sens de l'avenir. Le ministre a été impressionné. Ne vous épuisez pas dans des combats d'arrière-garde...

Curieuse, cette phrase ; cet après-midi, Hervé lui a téléphoné au bureau d'Hammerfest et lui a répété la même chose :

– C'est une lutte qui ne débouche sur rien. Le projet de Lacasse, ça va dans le sens du vent... C'est porteur.

– L'usine de cogénération, a rétorqué Népé. Ça pourrait devenir une coopérative de production, c'est pour ça que ça t'intéresse ?

– Une coop, je sais pas, a repris Hervé. C'est déjà assez compliqué comme ça... Lacasse et son groupe ont déjà fait le montage financier. On perdrait beaucoup de temps à vouloir faire du projet une coop maintenant. Tu sais, Népé, on est mieux de miser sur les emplois qui vont rester après les licenciements et sur ce que des projets comme celui-là peuvent créer comme postes plutôt que de se mettre tout le monde à dos, puis de fermer la région.

– Mais, Hervé, souviens-toi de tes argumentaires !

– Faut regarder la réalité en face, grand frère. Faut penser à nous autres aussi. T'as ta famille. Moi, j'ai envie de faire ma vie à Saint-Euxème, mais dans des entreprises plus intéressantes que des projets coopératifs... J'ai besoin de solide.

Même foule que ce matin. Dans l'obscurité cette fois. Enrober le désespoir, la déception. Aux premiers rangs, les médias, puis les politiques, les représentants syndicaux, les supporters... Au milieu de ces têtes que les lumières de l'aérogare éclairent, Nadia. Autour d'elle se pressent les enfants. Elle semble inquiète. Elle doit se demander pourquoi il ne lui a pas téléphoné. Népé descend l'escalier. Nadia cherche son regard. Il ne voit qu'elle. Ils ne se sont jamais rien caché. Elle baisse la tête.

À une marche derrière lui, Fauteux rayonne. Il salue de la main des connaissances.

Première question. Népé bafouille : « Vous savez, rien n'est facile... Rien n'est simple dans le contexte de la mondialisation... Les choses sont toujours plus complexes qu'on le croit à première vue... L'avenir nous attend : là-dessus, aucun doute ! Mais, sans modifier nos objectifs premiers, il nous faudra sans doute revoir nos stratégies. Nous devons cent fois sur le métier remettre notre ouvrage, chercher de nouvelles pistes... Mieux cibler nos buts... »

Le lendemain, dans le journal local, on peut lire sous la plume de Roger Biron : *Monsieur le maire nous revient de la Métropole grandi : ses entretiens avec les gestionnaires des multinationales qui exploitent, à notre profit, nos ressources naturelles, feront de lui un leader plus réaliste...*

À la Tabagie des Placoteux, les clients hument leur café et hochent la tête. Chaque année Biron fait de très agréables voyages en compagnie de son épouse — sans débourser un sou : visites des installations des transnationales à travers le monde. Lui aussi, avec les années, a de mieux en mieux compris où se situaient les véritables intérêts de la région — et les siens... L'an prochain, Népé et Nadia seront de la partie. Voilà ce qu'on se répète autour des comptoirs, où toasts et œufs brouillés embaument ; voilà ce qu'on se répète par-dessus les haies en ratissant les cours arrière.

J'aime les francs salauds. Ils sont rares. Avec eux, on s'explique rapidement : « Tu me donnes ça, je te donne ça... » Avec les autres, les demi-sels, les couilles molles, faut inventer de bonnes causes, des motifs ; faut faire des circonlocutions, de la guimauve, rechercher les contingences, les circonstances... Et ça m'ennuie ! Malheureusement, ces faux-culs pullulent. Peut-être est-ce dans l'ordre des choses ? Trop de vrais salauds ou de vrais saints rendraient toute société invivable : le mensonge n'est-il pas l'huile qui empêche les engrenages sociaux de trop grincer ? Les vrais salauds et les salauds-à-excuses, remarquez bien, s'adonnent aux mêmes forfanteries, aux mêmes exactions ; sauf que les premiers sont au moins honnêtes envers eux-mêmes — ce qui est un début. Ils veulent réussir, ils veulent gagner la grande course sociétale et ont décidé, une fois pour toutes, de prendre des raccourcis. Lorsqu'ils se regardent dans le miroir, ils ne se font pas illusion. Les faux-frères, eux, sont les fils du mensonge, du faux prétexte, du faux-fuyant et de l'auto-illusion. Ils portent sous le bras des paquets de disculpations, d'échappatoires, d'hésitations morales, de dérobades et de regrets : bref, d'apitoiement sur soi. « Je n'ai pas eu le choix... », « Que voulez-vous ?... » reviennent comme un leitmotiv dans leurs incessantes confessions. Un franc salaud peut devenir quelqu'un de très convenable à l'approche de la retraite ; un pleurnichard de l'autoflagellation jamais. Après une vie désespérément normale, il mourra victime des circonstances qui l'ont amené, bien malgré lui, à commettre un tas de malversations, de forfaitures et de déprédations.

LA CORDE À SINGES

ou

LES BABY-BOOMERS MEURENT AUSSI

À bord des baleiniers, on charcutait du cachalot dans les roulis océanesques. Un matelot manquait-il le pied sur le pont huileux que le gouffre l'engloutissait. Il disparaissait à jamais sous l'écume, sous les lames démontées de l'Atlantique ou du Pacifique. La mort par noyade était fréquente, une menace constante. Pour parer à cette tragédie, les hommes se liaient par paires à l'aide d'une corde à singes. Ils devenaient jumeaux de destin. La survie de l'un assurait celle de l'autre. De même pour la mort.

La corde à singes aurait constitué un beau titre pour la fable qui suit. J'ai préféré Les baby-boomers meurent aussi. Deux êtres s'y sont liés pour survivre jusqu'à en crever. Ils appartenaient pourtant à cette heureuse génération qui n'a pas connu la guerre. Mais la paix et la prospérité n'arrivent pas à remplir ce vide qui s'ouvre sous les pas des vivants.

Lorsque Jenny R* m'a supplié de m'envoler vers le Moyen Nord pour en ramener les affaires de son frère qui venait de s'y suicider en duo avec sa compagne, j'ai accompli la démarche par devoir d'amitié. J'ignorais que j'allais trouver sur une table de chevet ce récit, cet extrait de journal, cette nouvelle... ou je ne sais trop quoi. Je vous livre cette tranche de vie, ce texte forcément incomplet, avec toute l'indiscrétion et l'impudeur de ces écrivains prêts à toutes les bassesses pour plaire au lectorat.

(La partie précédente du manuscrit est illisible, déchirée, imbibée d'un liquide liquoreux.)

... la Jeep a dérapé sur les feuilles mortes. Je redresse. L'asphalte noir, rectiligne, strié de blanc au centre, se replace dans le cadre du pare-brise. Les essuie-glaces grincent, monotones, et la bruine s'écarte pour révéler l'aurore et la rivière argent, qui coule au creux d'un précipice granitique — caps vertigineux et durs contre le ciel. Puis, devant nous, la ville s'étend, amibe scintillante, scindée au cœur par un flot lent, dont un pont kaki réunit les lèvres.

Aicha dort. Tête ballottée à chaque tournant. Cheveux rideau devant ses yeux gris, mi-ouverts. Elle a refusé mon épaule ; elle tient à rester tête droite. Si, au moins, elle reposait sa nuque contre l'appuie-tête.

Nous roulons sur une artère principale. Feux de circulation qui ne contrôlent rien. Regard à gauche, regard à droite : stop à l'américaine. L'œil rouge me suit, pèse sur ma nuque, avec toute la fatigue que ces cinq cents kilomètres m'ont versée dans les muscles, dans les yeux.

Un restaurant. Ouvert. Un vingt-quatre-heures. Une dizaine d'autos pêle-mêle à sa façade.

Nous descendons.

De la musique country et des odeurs graisseuses jaillissent d'abondance par la porte entrebâillée d'une brique. Climatisation à peu de frais.

L'aube se fait plus envahissante. Son lait crémeux chasse la nuit. Les caniveaux regorgent de feuilles rouge et or, qu'un mauvais poète aurait placées là avant les premières gelées. Bons relents des terres humides et du végétal qui se décompose. On doit trouver un parc à proximité. Un pâté plus haut ? Le vent vient de cette direction.

Face au restaurant, une rue descend, abrupte, vers une intersection plus commerciale. De rares véhicules y promènent des phares pâlots. Sur les toits plats et goudronnés des édifices à bureaux, à mesure que monte le jour, d'humbles flaques d'eau s'enflamment.

Aicha s'étire comme une chatte et tremble. D'un geste brusque, elle croise sur sa poitrine les pans de son vieux cafetan beige. S'étirer, trembler, s'abriter en s'éveillant... Si seulement ses gestes pouvaient conserver ce naturel. Hors du sommeil, la peur reprendra ses droits, encarcanera tous ses regards, encourroucera tous ses mouvements dans une glu qui la laissera désarticulée, hésitante, faiblarde de la portée au milieu de sœurs et de frères humains dont les réactions vacillent entre la pitié condescendante et le mépris.

On retrouve ici la faune habituelle des samedis à l'aurore ou des vendredis soirs prolongés. Des étudiants hurlent en chœur, heurtent la table de leurs verres qui éclaboussent. Un imitateur de Johnny Cash gratte guitare et susurre dans un coin.

Des couples, un peu partout.

L'atmosphère semble plus paisible dans l'arrière-salle. Un couple d'hommes s'y embrasse à bouche-que-veux-tu. Ils offrent l'avantage du silence. Nous nous asseyons. Aicha tourne la tête vers les deux garçons et les observe attentivement.

Le brasse-camarade s'amplifie dans la première salle. Quelqu'un vient de sélectionner *Dancing Queen*. Le cowboy en costume noir et argent hausse le ton. Il n'est pas de taille contre les décibels d'Abba. Bruits de bousculade. Je me demande si c'est un endroit pour Aicha. Mais je ne connais pas cette ville. Et puis, ce serait où, un endroit pour Aicha ?

Je me dis : « Si on veut manger, va falloir chasser. » Et je me rends dans l'autre salle où je harponne une serveuse dont la jupe est maculée de tout ce que peut contenir un 24/24.

– J'ai déjà trente-six clients !

Et elle est revêche.

– Vous en avez deux autres. Et le pourboire va être bon.

Elle hésite, puis me suit, débitant sa litanie de hamburgers, smoked-meat, pizzas, spaghettis, poutines...

– Beefeater. Triple !

– Le bar est fermé, monsieur, répond-elle, soudainement ironique. Pour madame ? demande-t-elle à Aicha qui a toujours les yeux fixés sur l'enlacement des gars.

– Elle ne boit pas. Apportez lui la soupe du jour, un sandwich au poulet chaud et des pommes de terre en purée. Même chose pour moi.

– On n'a pas de purée la nuit. Rien que des frites.

– Apportez des frites.

Le gin fleure. Aicha devrait peut-être boire. Un peu. Après une gorgée ou deux, la chaise de bois redevient bien solide sous moi. Rassurant.

Le calme s'installe avec le jour. La lumière entre à profusion, mais elle nous parvient terne et grise par les carreaux poussiéreux.

Nos plats fument. Ma compagne ne mange pas. Immobile, elle regarde toujours les garçons.

Doucement, je la touche au coude. Elle tourne la tête vers moi. Lenteur de pieuvre qui se dégage. Je n'aime pas ses yeux. Soudain, ses joues sont trop roses. Le sang court trop vite sous cette chair.

– Tu n'as pas faim ?

Elle ne répond pas. Elle saisit sa fourchette et la plonge nonchalamment dans la sauce brune et le pain humide.

(Aicha! Aicha des cerisiers en fleurs ! Où donc est passée ta superbe ?...)

Elle abandonne son ustensile, entre la main dans la poche gauche de son blue-jean et en sort une petite boîte nacrée. Elle en extrait deux cachets qu'elle avale. Je lui offre le verre d'eau qui repose sur la table près du triple gin. Elle le refuse. Comme une enfant gâtée. Elle secoue violemment la tête.

Puis elle oublie ses aliments, et tourne à nouveau la tête vers les garçons qui en sont toujours à des préliminaires excessifs. Je finis mon triple à grands traits, et en commande un autre. Je me sens un peu plus chez moi. Je me récupère et récupère les êtres. L'alcool rend solidaire. Me rend temporairement solidaire, du moins. M'apprivoise. Apprivoise le monde pour moi.

La chaise est de plus en plus solide sous mon fessier, et le bois franc de la table sous mes coudes. Si l'étranger de Camus avait bu davantage... Mais, si ma mémoire est bonne, il buvait. Du vin, probablement. Il doit exister d'autres moyens de lancer des ponts.

À propos d'étrangers, je nous regarde. Jamais on n'aura vu pires Martiens dans cette ville. Rien ne nous appartient et nous n'appartenons à rien. Le sentiment d'appartenance ? Plus aucune idée. Ne nous reste que la solidarité dans la peur.

Dérives, dérivages, dérêves... Rivages entrevus mais jamais abordés. Le flot nous charrie. Le temps nous charrie. Épaves disloquées, gouvernail en rupture, sans amarres, sans arrimage aucun. Nous n'appartenons même plus l'un à l'autre ; même pas par cette chair de surface. Il y a au moins six mois que nous n'avons pas fait l'amour. Tout comme ces couples aux cendres refroidies, nous pourrions au moins trouver commode, de temps à autre, de disposer à proximité d'organes d'un corps rompu à nos rituels érotiques. Même pas. Deux émetteurs-récepteurs sur fréquences divergentes. Nous nous ignorons ou nous nous tolérons. Les clients attardés de cet îlot-restaurant perdu dans l'aurore parlent la même langue que nous. Leurs *g* et leurs *j* tendent vers le *h* aspiré, comme en Beauce. Quant aux étudiants, comme tous les Québécois de leur génération, le *tu* explicatif en arrive peu à peu à remplacer tous les autres pronoms. À noter pour mes cours ; à noter aussi pour Gérard Bessette, cet écrivain exilé en terre antérieure, qui, depuis sa psychanalyse, a abandonné officiellement l'alcool pour une fixation obsessionnelle sur la première personne du singulier dans la fiction narrative.

Je n'ai à peu près rien mangé. Ça mérite tout de même un digestif. La lumière grise abonde. Aicha a reculé sa chaise. Comme une fillette, elle regarde fixement le plancher entre ses espadrilles rétro. S'il voulait jouer au fauviste, à l'aide de trois couleurs, un artiste pourrait la peindre convenablement. Des cheveux aile de corbeau, mal ramassés, mal retenus par un élastique sur la nuque. Lorsqu'elle est nue — était nue — et qu'elle les abandonne à la gravité, ils recouvrent les épaules et la partie supérieure des seins. Un visage pâle, une chair vidée de son sang, et qui craint le sang, et dont la peau sera toujours tendue sur les os du squelette, comme un gant de cuir sur un poing fermé, encoléré. Et, enfin, des yeux d'un gris minéral, d'une tristesse minérale, verdâtre et saumâtre comme la mer — ils virent parfois de la terre glaise au bleu métallique en une fraction de seconde. À bien y songer, ses prunelles exigeraient plutôt un peintre à nuances, un peintre à palette étendue : les diverses chimies qu'elle ingère à longueur de journées et de nuits s'y reflètent, y agissent directement, diluent, éteignent et mêlent toutes les demi-teintes et quart de teintes.

Je vais uriner.

À mon retour, elle enfourne prestement une petite boîte plastifiée dans la poche gauche de son cafetan. Elle vient de s'envoyer un cocktail. Mélange d'amphétamines et d'ativans ? Avec phéno en prime ? Fort probable. Je me demande comment elle peut tenir le coup sans s'alimenter.

Je regarde ma propre assiette et, j'en conviens, je serais fort mal placé pour émettre le moindre reproche.

Dérive. Sans gouvernail. Tous feux éteints. Charriés côte à côte par les courants, conséquence d'une rencontre très antérieure dans la mémoire subjective. Même localisation sur la mer de l'espace-temps.

– Un cognac.

La petite blonde m'apporte un Grand Marnier et une eau minérale. Elle pète de sourires et de santé. Je me demande depuis combien d'heures elle tournoie ainsi entre les tables. Solide constitution ! Si elle en avait à vendre de cette énergie vitale, de cette énergie psychique, j'en achèterais. À fort prix. Aicha et moi en avons grandement besoin. D'urgence !

Envie d'uriner. Cette prostate commence à faire des siennes. Portail pour la mort à venir ? Celui-là en vaut un autre.

– Je reviens, Aicha.

Deux larmes coulent de ses yeux verts maintenant. Du vert de cette pierre à savon que les Inuits frottent, taillent, éclatent, sculptent jusqu'à ce qu'en émergent des significations, jusqu'à ce qu'émergent leurs rêves que des Blancs classifieront, analyseront et installeront dans des musées sans jamais rien y comprendre, sans jamais rien comprendre à ces hommes du froid et de la nuit habités. Cette région n'est pas assez nordique. C'est vers les steppes septentrionales de la toundra que nous aurions dû poursuivre notre course, plus exactement terminer notre fuite, car elle et moi n'avons fait que ça, fuir, depuis notre naissance. Peut-être y aurions-nous rencontré ce golem enfanté par Mary Shelley — vous savez, ce fantôme éperdu d'inhumanité, fabriqué par ce bon baron de Frankenstein, et qui rôde depuis deux siècles sous les aurores boréales et les nuits éternelles du pôle ? Peut-être aurions-nous pu, avant

de succomber aux vents et à la glace, plonger nos yeux nocturnes au plus profond de ses prunelles jaunes et, à nous
trois, éveiller l'étincelle qui lui aurait offert la grâce et les
chaînes de l'espèce marquée au front par les dieux ? Notre
vie aurait pris un sens alors. Notre fuite aurait cessé d'être
pure réaction panique devant la peur d'exister pour devenir quête. De fugueurs incontinents à quêteurs, quelle
promotion !

Mais je déraille. Et peut-être pas tant que ça, après tout :
le Nord fascinant et glacé s'étend à peu de kilomètres de ces
massifs granitiques qui enserrent cette ville.

Des larmes coulent des yeux d'Aicha et elle ne lève pas
une main pour les essuyer. Elles roulent librement jusqu'à
ses lèvres exsangues et tombent pour faire taches sombres
sur ses vêtements.

Toilettes exiguës. Puanteur de naphtaline et d'urine
imprégnée dans la moquette mauve. Lucarne étroite et
crasseuse. Champ de mines pour les insectes. Centaines de
cadavres à demi dévorés. Je contemple ce morne paysage
d'après-guerre lorsque, soudain, on me fait signe, et que ces
milliers de toiles d'araignée s'enflamment, et qu'une
Parousie s'empare de la lucarne inondée de grâce, de sa
grâce. Je lève le regard et surprend une trace de lumière jusqu'à Lui, la merveille de couleurs et d'amour. Étoile de
Sirius accrochée, joyau céleste, à son front, une infinité de
pierres précieuses roulent et rutilent à ses pieds. Diamants,
rubis, émeraudes... de lui à moi, elles tracent une voie royale,
du Royaume d'Occident jusqu'à moi, verge en main, extasié derrière cette sinistre lucarne. Ô, Bouddha Amitabha,
tu n'es donc revenu que pour moi. Fidèle compagnon,
tu n'as pas oublié ta créature souffrante : tu flottes, Prince
de la Paix et de la Bhakti, entre les nuées, jusqu'à cette
terre de finitude et de destins tronqués.

Je n'urine plus. Une érection de percheron et mon regard
plonge toujours à travers cette lucarne enfiévrée de toiles,

irisée de toiles, jusqu'à cette lumière que l'Ouest darde. Si j'allais quérir Aicha et lui disais : — Le Bouddha de l'Amour et de la Compassion nous gratifie de sa présence. Il est statuesque et lumineux, et il n'existe plus rien de morne, plus rien de triste sur cette Terre. Elle me répondrait peut-être : — Faudrait que tu te remettes à l'écriture. Comme elle me l'avait dit déjà, il y a plus de trois ans, lorsque nous nous sommes confortablement mis en ménage à Kingston et que j'ai tenté de faire carrière à l'intérieur du complexe industriel du beau-père Hammerfstal. (Inutile de tout raconter maintenant, mais je n'ai jamais écrit une ligne.)

Avec peine, et regret, j'entre mon sexe bandé dans mon jean, et remonte la fermeture éclair. Je retourne quérir ma compagne... Aicha me suivra passivement. Du comptoir la serveuse me fera des signes. Peut-être croira-t-elle que je file sans payer ? Que je lui dérobe un verre ? (J'ai un cognac à la main.) Peut-être sera-t-elle effarée ou excitée à la vue de ma verge qui, volumineuse, gonflera le denim ? Lorsque Aicha et moi entrerons dans la même salle étroite, elle accourra. J'aurai laissé la porte ouverte. À quelques pas, au dehors, yeux exorbités, fièvre aux joues et main qui se dirigera machinalement vers son entrecuisse, elle observera la scène. Installée sur la toilette, Aicha urinera d'abondance, comme je le lui aurai ordonné. Je lui jetterai mon sexe dans la bouche, et elle fellationnera jusqu'à ce qu'enivré, irisé de lumière, de la chaleur et de l'amour du Bouddha Amitabha, j'éjacule entre sa langue rose, ses dents ivoire qui égratigneront, et son palais rugueux, et que, déchaîné, je scande et secoue cette tête éclatée sur mon bas-ventre. La serveuse laissera sortir un cri rauque. Elle se précipitera dans les toilettes des femmes. J'essuierai le sperme de mon sexe et du visage d'Aicha, et nous l'entendrons qui se masturbera et halètera de l'autre côté de la cloison mince.

La passion retombe. La pâle lumière de la terre reprend ses droits. Le Bouddha Amitabha s'est retiré vers son Royaume de Jade, vers son Royaume de l'Ouest.

Chaque fois que mon œil accroche ainsi cet autre Soleil, j'aurais besoin d'une lame très fine. Comme celle que certaines filles portent en pendentif. Et alors je pourrais faire comme Carlos, ce fou du véritable Soleil : lentement, je me découperais les paupières, et je demeurerais ainsi fasciné et fascinant jusqu'à devenir aveugle à toute autre image, jusqu'à ce que la face iridescente et empathique du Bouddha de l'Amour reste à jamais captive, inscrite à la paroi la plus rougeâtre de mon crâne.

(Deux pages manquent ; l'une est totalement illisible.)

... l'eau heurte le perré. Sans fracas. Roulent des feuilles or dans ces flots gris. Nous avons traversé un terrain de golf, face à des usines crachantes et fumantes : forêt de cheminées, traits verticaux et noirs, empanachés sous un ciel sans nuages.

La berge est basse de ce côté de la rivière. Sur l'autre rive, une succession de promontoires rocheux, de caps roux et impressionnants. Plusieurs maisons s'y accrochent, nids d'aigle sur les parois rocailleuses — des falaises à couper le souffle à un sherpa tibétain. Tout ce décor ramassé autour d'une croix à structures vides (pour laisser passer les vents ?) — les noroîts doivent être féroces à cette altitude.

Je me baisse, trempe mes doigts et goûte l'eau. Douce. S'il y a du sel, je ne le perçois pas. Nous sommes peut-être en période de basses marées ; le reflux du fleuve ne doit pas dépasser ce grand pont, en aval, lien entre les deux villes étendues côte à côte — deux poumons ou deux seins.

Arbres magnifiques. Mélèzes, cèdres et feuillus à demi dénudés bordent l'eau et s'y reflètent, et le soleil se joue dans leur faîte que secouent les vents, et le soleil joue également sur leur image inversée que les vaguelettes agitent et brouillent.

Je retourne vers la Jeep. Des voix. Des hommes descendent vers nous. Sacs de golf et casquettes à visière. Bras nus. Matin d'automne clément. Vaut mieux en profiter. Depuis des générations ils se sont habitués à tirer le maximum du soleil et du suroît.

Aicha dort. Pilulier dans la main gauche. Elle a remis ça. Qu'est-ce qu'elle a pris cette fois ? *Downers* ou *uppers* ?

Je me demande s'il y a une logique dans son ingestion. Plutôt un métabolisme d'intoxiquée, qui réclame selon ses propres lois, et ces doigts fusiformes se mettent à l'œuvre et extirpent machinalement le ou les cachets nécessaires. Faudrait tenir une comptabilité. Il serait intéressant d'observer comment toutes ces chimies se distribuent selon les heures de la journée ou de la nuit, et en quelle quantité.

Le dernier psychiatre m'avait prévenu :

– Un jour, ce sera l'*overdose*, vous savez ? Mais, dans le même souffle, il avait griffonné une prescription à engourdir un troupeau de mammouths.

– J'espère que vous ne prenez pas de ces saletés, vous, au moins, m'avait-il lancé en remettant ce papier couvert d'hiéroglyphes magiques que Aicha réclamait en pleurant depuis trois jours.

– Non. Moi, je bois, rassurez-vous.

Il m'avait regardé avec pitié. Je l'entendais penser : « Deux malades ! Quel beau couple ! Une schizophrène toxicomane et un alcoolique ! »

Une fois dehors, j'avais emprunté l'allée pierreuse qui longeait le mur fleuri de sa résidence. Coup d'œil entre les vénitiennes de son bureau : le vertueux docteur avait sorti une bouteille de Bourbon et s'était versé une très généreuse rasade...

Avec délicatesse, j'entrouvre la main d'Aicha et en retire la boîte nacrée. Je glisse ma main sous son cafetan, sous sa chemisette. Ma main rencontre son sein, nu sous le tissu rugueux. Collines fermes, menues, où pointent de rousses aréoles. Dans l'Antiquité on aurait pu y fabriquer des moules et en tirer des coupes où boire un vin généreux et pourpre. Vin qui m'a déjà tant enivré.

Sans faire de bruit, je retire la bouteille de saké du havre-sac où j'ai rangé ma provision éthylique. Je m'installe sur le capot. Ma main tremble. Le gobelet d'aluminium ne veut pas demeurer au même endroit. Symptôme significatif :

alcoolémie et fatigue. Le suroît, qui fait voler cheveux et poncho, complique encore les choses.

Le saké est un alcool avantageux. Par sa polyvalence. On peut le consommer comme apéritif, comme breuvage d'accompagnement pendant les repas, comme digestif... En tout temps. J'aime son goût sucré, son arrière-goût de riz, ses odeurs de sueurs et de nattes en bambou où des millions de Japonaises ont laissé tombé leur obi.

Deux gobelets et mon corps m'appartient. Une lumière neuve descend sur le paysage, l'eau est encore plus irisée et le vent plus doux. Belle, cette verdure de la mi-saison ; cette chlorophylle qui basculera bientôt, par manque de luminosité, vers les couleurs agressives de la pré-mort. Ces arbres flamboieront, et se dépouilleront, tels des ascètes, pour devenir secs et durs, parés pour les noroîts de l'hiver. Leurs feuilles voleront, étourneaux polychromes, et certaines seront poussées vers l'eau, qui les drainera vers le fleuve ou les laissera terminer leur décomposition sous les branchages et racines des rives, où bientôt mordra le gel.

Ce fjord-fleuve, que notre langue modeste nomme *rivière*, n'a rien à envier aux plus célèbres fleuves d'Europe, ni aux fjords scandinaves. Le saké me permet d'imaginer sans peine une succession de châteaux rhénans ou une flottille de drakkars vikings qui, de leurs rames longues et luisantes, luttent contre la vague et la marée, rapides sous leur voile unique et rectangulaire.

Le saké s'envole. Ou plutôt s'engouffre au fond de mon gosier.

Après plusieurs mois d'abstinence, mon sexe exige à nouveau. Cette ville me réussit ? Et cet air mi-salin ? La scène des waters me revient : Bouddha Amitabha jouissant par les yeux de cette serveuse devenue bacchante, et Aicha pissant et suçant devant mes paupières distendues que j'aurais voulu coupées, saignantes sur le plancher poussiéreux, comme l'oreille de Van Gogh, ou comme les paupières de Carlos, fou et aveugle, et aujourd'hui client perpétuel du Kingston General Hospital.

7h10. Encore trop tôt pour me rendre chez Lesieur un samedi matin. Aussi sportif qu'on me l'ait décrit.

Aicha remue derrière, sur la banquette. Elle change de position. Elle a froid ? Le soleil plombe pourtant, généreux, à travers le pare-brise. Sa face, qui n'est pas sans me rappeler la version féminine du Bouddha Amitabha, est inondée de soleil, comme elle l'était de mon sperme il y a à peine une heure. «... spasme de vivre », comme l'écrivait Nelligan. Bonne description de l'existence, de notre existence : une longue grisaille entrecoupée de beuveries réussies, de fantasmes érotiques disloqués, de mains qui se rencontrent lors de moments privilégiés et, parfois, de paysages qui parlent un peu, chuchotent... Autre gobelet de saké ; la bouteille est vide. Je la lance à bout de bras. Attention ! On m'a prévenu : les *oiseaulogues* sont particulièrement féroces dans le coin.

Plouf !

Les golfeurs tournent la tête.

– Une ouananiche ! lance un connaisseur à casquette bleue.

– Une truite de mer ! rétorque un autre connaisseur à casquette verte, qui a l'esprit de contradiction.

– Vous l'avez vu, monsieur ? me demande un troisième golfeur à casquette jaune, comme ma Jeep, et qui semble aimer les faits.

Je tourne la tête vers les vagues et termine mon gobelet.

– Vous l'avez vu, monsieur ? insiste-t-il.

Je demeure plus muet que le poisson inexistant.

– Vous avez vu sauter le poisson, monsieur ? demande-t-il maintenant avec une agressivité manifeste.

Je balance les pieds comme un gamin du primaire qui espère la venue du facteur car il a détaché son chien et que ce chien s'apprête à sauter aux mollets de l'homme en bleu.

L'homme à casquette jaune foule l'herbe dans ma direction.

– Monsieur, je vous ai poliment posé une question...

Et il s'arrête derrière moi, et il frappe mon bras gauche du manche en aluminium de son fer. À sa grande stupéfaction, un son métallique !

Je tourne la tête pour le regarder dans les yeux et lui montrer toutes mes dents dans un sourire grisé de sténodactylo qui vient de dépenser une fortune pour l'installation de couronnes dentaires.

Il a un geste d'étonnement. De ma main droite, j'attrape le manche de son bâton et le frappe plusieurs fois contre ma prothèse. Même bruit de métal contre métal.

L'homme recule, bâton dressé, devant mon sourire.

– Laisse tomber, Jean-Roger. Truite de mer, ouananiche... Qu'est-ce que ça peut bien nous faire ? Viens jouer ton coup, lance le golfeur à casquette bleue.

– Avec l'allure qu'il a, ce serait un frais de l'université que ça ne me surprendrait pas ! hurle l'homme à casquette verte.

Et Jean-Roger de retourner vers ses compagnons sans avoir résolu ni le mystère du plouf ni celui de mon bras de Martien. Je lui écrirai pour lui expliquer tout ça. Le 1er avril !

Je glisse le gobelet oxydé dans la ventrière de mon poncho et me renverse sur le capot dur et tiède de soleil.

Les maîtres zen boivent beaucoup de saké.

Satori... Le satori : faire de sa vie un spasme continu ? J'ai raté tous mes satoris.

Viens, sommeil. Si le spasme s'est envolé avec la casquette jaune du très-parfait Jean-Roger, aussi bien dormir.

Trop paresseux pour ouvrir une autre bouteille. Dommage tout de même que ces golfeurs aient été si peu pugnaces, j'aurais bien aimé leur faire la démonstration des dommages qu'une prothèse ultrasophistiquée peut causer à des visages naïfs et régionaleux.

(Partie maculée, illisible.)

[J'ai placé][2] la carte sur ses genoux, mais Aicha n'y porte évidemment aucun intérêt. Depuis que nous sommes à la recherche de la résidence d'Arnaud Lesieur, elle se bourre de biscuits Ritz. Elle en a tiré une boîte de sous le siège, et elle s'en remplit les bajoues, comme un hamster.

On m'a tracé un chemin au stylo rouge sur la carte routière. En gros, nous devrons filer vers le nord-ouest. Nous traversons le centre-ville et zigzaguons de rues pentues en rues pentues. Cette agglomération urbaine me rappelle Kingston. Avenues bordées de hauts arbres. Parcs. Eau. Cathédrale et anciens édifices que je soupçonne d'être des couvents reconvertis ou des pensionnats. Toute cette brique et toutes ces pierres de taille sont inondées de soleil, boivent le soleil avant l'arrivée du tard-automne et de l'hiver. J'aime les vieilles pierres. Grises, pâlies par le temps, et maculées par les pigeons qui y tracent des fresques éphémères et fienteuses.

Je conduis de mon bras valide. Le saké m'a rendu euphorique. Nous avalons la ville, comme j'ai toujours avalé l'alcool, et comme Aicha avale sans fin, depuis trois ans au moins, ces comprimés et cachets aux fascinations mortelles.

Nous passons devant des centres commerciaux et pénétrons dans un quartier cossu où je nous égare.

---

[2] Par souci de véracité, je place entre crochets un bout de phrase manquant que la logique impose. Voyez jusqu'où va le souci d'honnêteté des plagiaires.

Je descends et, après en avoir secoué les graines de biscuit, j'étale la carte sur le capot.

Il est neuf heures et, comme dans tous les quartiers similaires, le samedi, les enfants jouent au hockey avec une vieille balle de tennis verdâtre. Deux chiens les poursuivent de leurs aboiements.

Face au bras écarté des Laurentides qui court sur l'autre rive, j'essaie de me situer :

– Rue Horbigner ?

– Regardez plus vers le haut, c'est là qu'on est, dit une voix enfantine à mes côtés.

Un sourire sous une tignasse blonde et un index graisseux.

– Je veux me rendre rue Horbigner.

– L'autre rue, précise une gamine qui veut me voir débarrasser au plus vite leur Forum asphalté.

– L'autre rue, plus haut ou plus bas ?

– Par en bas, reprend-elle, condescendante.

– La prochaine rue, c'est la rue Derwaire.

– Vous la descendez, puis vous allez arriver à Horbigner, ajoute un garçonnet qui n'a pas envie de me voir revenir pour demander des explications supplémentaires et interrompre à nouveau cette partie où les chiens aboient comme de véritables instructeurs.

Aicha se bourre maintenant de croustilles. Où peut-elle mettre tout ça ? Après plusieurs mois de jeûne presque total, on devrait avoir l'estomac rétréci ? C'est son affaire.

Un cul-de-sac. La demi-lune Horbigner. Je ne peux croire qu'Arnaud habite ce voisinage. On me l'a pourtant décrit comme un pur, un des derniers de la ligne dure, le théoricien impitoyable de la région. Un enragé, même, qui n'a jamais accepté le dégel Nixon-Brejnev. Je l'aurais plutôt imaginé au centre-ville, dans un quartier populaire ou sur une petite ferme isolée, préférablement une commune.

Maison très convenable. Briques rouges et toit normand. Oxymoron. En tous points semblable dans son manque d'à-propos à ces maisons *historiques* mais *nouvellement construites* que se sont fait bâtir, après 1976, les ministres et hiérarques péquistes. Il demeure tout au fond de la demi-lune. Un fer à cheval énorme soutient sa boîte aux lettres. Devant le double garage qui jouxte sa résidence *historique*, deux autos. Le tandem classique : de luxe et intermédiaire. Je me demande qui, de monsieur ou de madame, utilise la plus cylindrée.

Escalier de pierre entre deux haies de pins joufflus.

Je sonne et re-sonne.

– J'arrive ! crie une voix empâtée.

La porte s'ouvre lentement.

Arnaud Lesieur a passé un jean délavé. En vitesse. Torse nu, je le tire du lit. Sadiquement, j'espère avoir interrompu une activité intéressante. Yeux jaunes, traits plus que tirés, il ne présente ni l'image de la séduction ni celle de l'énergie.

– Salut, *man* ! T'es le nouveau ?

– Vous êtes Arnaud Lesieur, je reprends, et j'appuie sur le *vous.*

– Eh bien ! Entrez ! hurle-t-il, comme je passe devant lui.

Le genre : *je-ne-suis-pas-timide-et-je-hurle.*

Je me tourne vers la Jeep : Aicha s'y tient plus immobile qu'un saint Christophe de plastique.

Lesieur s'étire le cou comme la tortue aquatique de mon frère. Il frissonne dans l'air frais.

– T'as ta bonne femme ! Dis-lui d'entrer.

– Hé ! La bonne femme ! je crie, moqueur. Viens, on t'invite.

Obéissante, Aicha descend et grimpe l'escalier à son tour. Elle est magnifique. Blancheur de sa peau qu'accentuent ses cheveux noirs. Yeux fixes, fixité minérale ;

elle passe statuesque contre le vert sourd des conifères. Sous son aisselle gauche, la boîte de croustilles rouge — du rouge écarlate de son anorak.

Nous entrons dans un living-room surchargé : huche à pain, rouet, vieux outils à travailler le bois au mur, cruches de grès sur le plancher, soufflet de forge, foyer rustique, moules à bougies... Nous sommes dans une maison paysanne du XIXᵉ siècle — tout sort d'un ouvrage de Lionel Séguin. Probablement des *antiquités neuves*, tout ce fourbi. Véritable musée — *Les vieilles histoires des pays d'en haut* !

Dommage, la moquette *shag* jure un peu avec les tapis tressés ; tout comme, inutile de le préciser, les inévitables catalognes qui recouvrent les meubles... scandinaves ! Par sympathie social-démocrate, sans doute.

Arnaud passe rapidement une chemise de coutil bleu. Un épais bracelet de cuir enserre son poignet droit. Il l'a sorti prestement d'une penderie, près de la porte. Il se prépare à effectuer un travail éreintant après notre départ ? Veut-il donc protéger un poignet aux muscles fragiles contre un effort manuel soutenu ?

– C'est donc ça, ta bonne femme ? éructe-t-il.

Décidément, il y tient. Jacques Godbout le qualifierait d'itératif.

– C'est ma *bonne femme* ! je rétorque. Et j'insiste bien à mon tour sur le substantif.

– Eh ben ! bonhomme ! (Il a la paire maintenant...) Félicitations !

Il attrape Aicha toujours impavide par les épaules et lui plaque un baiser bruyant sur la joue gauche.

Anthony Quinn dans *Zorba le Grec*.

Il se recule un peu et, tout en la maintenant par les épaules, il l'examine et déclare :

– Bonne femme ! Oui, je le répète, bonne femme, tu vas te plaire ici. (Humphrey Bogart, cette fois. Bogey est de retour !)

Tu vas t'apercevoir que, même si on est loin de Montréal, les bonnes femmes de par ici, elles se sont drôlement bougé le cul, elles se sont drôlement conscientisées ces dernières années. Elles ont fait un maudit bout de chemin ! Elles se sont drôlement impliquées...

Il s'arrête comme ébahi, toute rhétorique envolée. Aicha a tiré trois ou quatre biscuits de sous son aisselle et elle s'en bourre littéralement l'oralité, tout en fixant, sans la voir, une bêche de jardin, suspendue au mur à quelques mètres derrière notre hôte. Elle est complètement gelée. Elle y est allée un peu fort dans la *médication.*

Zorba-Bogey a perdu sa contenance. La bonne femme lui a ramené le naturel. Yeux baissés, il contemple la pluie de graines qui, des lèvres et de la langue d'Aicha, choient sur le *shag.*

– Je suis stupide, admet-il enfin. Vous avez roulé toute la nuit. Vous devez avoir faim ? demande-t-il, tendre et soudain vraiment familier.

– On a mangé dans un snack. Ça va. Merci.

– Un café ?

(Va-t-il enfin offrir à boire ?!)

– Un café, je réponds sans grand enthousiasme.

– Un peu de cognac ?

Il a compris...

– Volontiers !

– Et madame ?

Il semble décidé à oublier la *bonne femme.*

– Elle ne boit pas, je rétorque. Ni alcool ni café.

Arnaud se retire vers l'arrière de la maison. À la cuisine, je suppose.

À reculons, je pousse doucement Aicha jusqu'à un fauteuil où elle tombe plus qu'elle ne s'assoit. Elle y demeure immobile, bouche ouverte. Du sofa, où je me suis installé à mon tour sans qu'on m'y invite, j'aperçois une neige de particules pâteuses sur la langue et la luette d'Aicha. *Deep Throat* !

Notre dixneuvièmard avait plutôt l'allure à nous offrir des tisanes ou un bouillon de poulet. Un café-cognac ! Quelle inconsistance ! Comme entre le *shag* et les catalognes. Il doit jouer à l'archaïque bon-vivant.

Arnaud pose un plateau fumant sur une table basse, puis ouvre une armoire pour en tirer une bouteille satinée.

– Servez-vous.

Tiens, il me vouvoie !

Pendant que je verse peu de café et beaucoup de cognac, Arnaud fixe Aicha. Il paraît à son tour éberlué par le spectacle de ces amygdales enneigées : érotisme de la neige et des muqueuses.

Je lui offre la bouteille. Il recule sa tasse.

– Non, merci. Un peu tôt pour moi.

Tant mieux. Il a du goût, l'animal. Elle se défend bien, sa bouteille. Encore deux ou trois cafés à ma façon et le cul lui sèchera.

– Vous êtes écrivain, à ce que Courteil m'a dit.

– J'ai publié quelques livres.

Ce cognac est merveilleux. Encore une tasse et j'embrasse Lesieur.

– Poèmes ? Romans ? Essais ?

– Un peu de tout.

– Je regrette, je n'ai pas lu... Je...

– Ne vous en faites pas. Aucune importance. Beaucoup n'ont pas...

– Pourtant, si j'écrivais, je voudrais bien que les gens aient lu... Je... bredouille-t-il, à la fois insinueux et mal à l'aise.

– Parfois ça vaut mieux qu'on n'ait pas lu. Et vous n'êtes pas le seul à ne pas avoir lu.

Je fais sauter l'objet direct pour me moquer de lui. Il n'en semble pas conscient.

– Personnellement, je vais vous le dire franchement et spontanément, je crois l'écriture dépassée...

Spontanéité qu'il prépare depuis l'annonce de mon arrivée, c'est-à-dire plusieurs semaines. Le genre de vacheries auxquelles il faut s'attendre d'un prof qui habite une maison-musée, bourrée d'*antiquités neuves* et qui porte un bracelet de cuir au poignet tout en ayant les mains trop blanches.

Mais ça commence à m'intéresser.

– Et comment ? Et pourquoi ? Dites-moi donc !

– Je ne sais trop... L'électronique, MacLuhan...

Il me ressort MacLuhan des boules à mites. J'espère que ce n'est pas là son meilleur argument. Sans les connaître, je plains ses étudiants.

J'attrape le cognac et m'en verse une rasade. Le fond bombé est à sec.

Il a déclaré l'écriture dépassée avec l'assurance d'un médecin qui déclare son patient cliniquement mort. Admettons qu'il ait raison, ce serait triste. Ça me rendrait très triste. Et je le lui dis.

– Parce que vous écrivez, laisse-t-il échapper avec ironie par-dessus son café fumant.

– Si je n'écrivais pas, je continuerais tout de même à lire. À lire même davantage.

– La lecture est le reflet magistral de l'individualisme bourgeois. Elle isole l'auteur et le lecteur dans des plaisirs narcissiques, onanistiques, elle tend à pléthoriser les masses...

– Solitaire mais solidaire ! (Et je m'emporte, jusqu'à en devenir ridicule, à mes propres yeux.) L'écriture fait trembler toute tyrannie, tout régime totalitaire...

Mais Arnaud Lesieur ne m'écoute plus. Ahuri, il observe Aicha qui se gratte les aisselles. Elle a glissé ses mains sous son anorak et son pull et, de tous ses ongles, elle se consacre vigoureusement à cette activité habituellement réservée à l'intimité, sauf si vous êtes un singe capucin derrière les barreaux sévères d'un zoo. Faut dire que, depuis quelques jours, elle ne se rase plus. Ses poils en barbillons l'échauffent. Sa bouche demeure toujours béante et saupoudrée. Elle inquiète de plus en plus ce pauvre Arnaud.

Je hausse le ton pour obtenir son attention.

– Vous voulez savoir pourquoi la tyrannie craint l'écriture plus que tout au monde ? C'est qu'avec peu de moyens, un écrivain, un poète, peut produire de la signification, mettre le feu, appeler à la liberté... Un crayon, Arnaud. Un simple Bic. Faute de pages blanches, du papier d'emballage suffira. Songez à Soljenitsyne au fond de son goulag...

Et je lui sers l'argumentation réservée à mes rencontres avec les étudiants, argumentation en laquelle je n'ai toujours cru qu'à moitié.

– Vous rêvez ! coupe Arnaud. L'Histoire connaît des soubresauts, des réajustements, des régressions temporaires, mais le matérialisme dialectique n'est pas mort. Il va nous revenir épuré, grandi. La planète lui appartiendra. Quant à l'écriture bourgeoise... Quant à Soljenitsyne, vous savez... Sa façon d'agir depuis son arrivée en Occident prouve assez son asocialité, sa paranoïa, si on avait encore à la prouver.

– En nos temps de déliquescence politique, Arnaud, l'écriture c'est l'arme accusatrice et désespérée du franc-tireur !

Il sursaute.

– Des francs-tireurs, vous savez, dans tous les domaines, on en verra de moins en moins. Sauf à droite, chez les romantiques attardés !

Son ton a suivi le mien. Si quelqu'un dort en haut, nous allons l'éveiller. Si Aicha n'était pas si gelée, nous l'aurions sûrement tirée de sa léthargie. Au moins, elle ne se gratte plus les aisselles — elle en est au pubis.

Je reprends d'une voix doucereuse, basse, qui se veut faussement contenue :

– Mon cher Arnaud, des francs-tireurs il y en a toujours eu et il va toujours y en avoir. Dans tous les domaines, et heureusement ! Lorsque tous les savants, méprisants, patentés et institutionnalisés confrères ont l'illusion d'avoir atteint le fin des fins, la limite ultime des possibilités humaines...

– Possibilités humaines ! coupe notre hôte. Encore un peu et vous allez nous parler d'essence, nous resservir de la nature humaine à la sauce personnaliste !

Son regard devient soudain insidieux. Il se recule dans son fauteuil, ferme à demi les paupières et continue :

– On m'avait prévenu contre vous. Contre, disons, certaines de vos tendances, contre un certain élitisme que refléteraient vos ouvrages... Le nom de famille d'Aicha est bien Hammerfstal ? Je n'ai pas soutenu votre candidature. Je me dois d'être honnête avec vous...

Mon sang bout. Longtemps que je ne me suis pas senti aussi vivant. Arnaud, il faudrait l'inventer s'il n'existait pas. Un stalinien pur et dur, après tous les événements récents. Il n'y a plus qu'en région que l'on peut trouver de tels spécimens. On devrait lui faire la chasse, comme aux papillons rares, le capturer vivant, avant de l'empailler et de l'exposer dans un musée. Et je le lui laisse savoir sans ambages.

Silence dans la pièce. Des bruits à l'étage. Quelqu'un va bientôt descendre.

Une lumière magnifique envahit le living. La partie arrière du toit est de verre. Cette lumière me calme.

Arnaud fait diversion. Il s'est tourné vers Aicha et il lui parle avec circonspection. En détachant bien ses syllabes. Comme on parlerait à un enfant dur d'entendement ou à un fou.

– Vous écrivez, vous aussi ?

Et sans attendre une réponse qui ne viendra jamais, il poursuit :

– J'ai écrit jadis, tu sais, bonne femme. Beaucoup. Trop. Tout est dans ces tiroirs.

Et il désigne un lourd classeur à l'autre bout de la pièce.

– Tu peux me croire. (Cette manie de passer du vouvoiement au tutoiement en quelques secondes m'agace.) Je pourrais mettre des dates sur chacun de ces tiroirs, et ils débordent. Souvent, j'ai pensé tout brûler. Mais je ne m'y suis jamais résigné. J'ignore pourquoi d'ailleurs.

Son bureau pourrait contenir mille tiroirs et mille manuscrits impubliés (et probablement impubliables) qu'il ne viendrait jamais à bout de l'indifférence absolue d'Aicha. Pendant qu'il amoncelle ses trésors littéraires devant les yeux ahuris de ma compagne, je m'esquive.

Avec impertinence je me glisse dans la cuisine pour y dérober une bière dans le frigo, puis je sors par une porte coulissante. Terrasse de pierres carrées et ocre. Gazon encore vert. Vert d'automne, tacheté de feuilles et de rouille.

Une mangeoire déborde de graines. Des gros-becs errants, mâles, virevoltent, se défient, se battent et projettent sur la terrasse les graines de millet, de maïs et de tournesol que les femelles, robe grise bien gonflée, dégustent sagement. Ce soir, ces messieurs plastronneront, mais ils auront peut-être faim. Ces dames dormiront et accumuleront des graisses pour le dur hiver. Bonne leçon. Dommage qu'un La Fontaine ne passe pas dans le coin.

Deux geais surgissent. Bleus, magnifiques contre le tronc d'un bouleau. Nouveaux maîtres de la mangeoire. Les gros-becs pugnaces oublient aussitôt leur guerre civile et fuient, criards, suivis de leurs femelles, criardes, qui se doivent d'accompagner leurs compagnons et bourgeois apparents dans leur retraite non stratégique. Elles sont aussitôt remplacées au sol par des boules de duvet, crème et ardoise — des juncos timorés, silencieux, mais toujours aux aguets et efficaces. Dominateurs et dominés, régime après régime, à leurs étages respectifs, tirent leur profit. Chez les hommes, les choses se compliquent. Toujours cette soif de l'indéfinissable liberté. Tout semble si bien fonctionner pour les animaux — et les plantes. Nous dérangeons.

La lumière éclabousse le jardin. Des pierres de granit, encavées dans le sol, dessinent un sentier en croissant vers une remise. Le long d'une palissade passée à la chaux, une haie de rosiers sauvages en fleurs. Je songe à Proust, aux Guermantes. On pourrait se couler entre les allées poreuses, les marches de granit, la tonnelle chargée de vignes sauvages et ces arbres lourds pour y rêver à ne plus être, un muscadet frais à portée de la main. Jardins d'Épicure, jardins d'oubli.

Les geais s'enfuient, flèches cacophoniques. Des errants roses s'approchent ; derrière, dans les aubépines, des sizerins pourprés surveillent attentivement cette manne tombée de la mangeoire que les juncos abandonnent, un à un.

Cette bière est âcre.

Développer un sentiment d'appartenance : possible ici ? J'ai cru appartenir à quelqu'un et à quelque chose avant que Isaure, l'occitane, ne foudroie ma vie. Je me suis cru chez moi à Kingston, après ce cocktail où Aicha m'est apparue, elfe des caravanes, au creux du jardin exigu et sombre de Stu Barton.

Un pas feutré me ramène au présent. Je me retourne : une petite brune, cheveux nattés à l'africaine, lunettes rondes à la russe, me tend la main et m'offre un sourire :

– Hélène.

La bonne femme d'Arnaud, sans doute.

– On s'est occupé de vous ?

– Oui, oui. Ça va.

– Arnaud vous a expliqué pour l'appartement ?

– Non. Il ne m'en a pas parlé.

– L'endroit est super ! Super-buzzant. Et il y a un chalet qui va avec.

– Un chalet ?

Elle commence à m'intéresser.

– Le collègue d'Arnaud voulait tout louer en bloc, à la même personne. En fait, tout ce qu'il veut c'est couvrir ses traites et que les lieux ne soient pas déserts.

– Une chance pour nous.

Et je suis sincère. Le chalet sera le prétexte rêvé pour fuir les invitations ennuyeuses et plusieurs activités départementales : j'aurai promis au collègue locateur d'y aller souvent pour bien vérifier que tout est en ordre, qu'il n'y a pas eu d'effraction...

– C'est en effet une véritable chance, je répète.

Plus jeune qu'Arnaud. Elle sent la cannelle. Sa peau en a la couleur. Son déshabillé découvre ses bras et sa gorge. Seins petits mais bien balancés. Je recommencerais bien la mise en scène priapique de l'aurore.

Avant que j'aille plus avant dans mon rêve de Centaure manchot, elle me lance, comme si elle m'avait deviné :

– On va rejoindre les autres ?

Et nous entrons au moment où Arnaud confie gravement à une Aicha qui n'a pas plus bougé qu'une pierre :

– J'ai cessé d'écrire. J'ai compris que ce geste solitaire m'éloignait de plus en plus des autres, me coupait des sentiments et des besoins des masses populaires... Il m'aperçoit derrière Hélène, et il termine avec un air de défi :

– ... lorsque j'ai compris que chaque phrase m'enfonçait dans mes complaisances bourgeoises et obscurcissait ma conscience sociale.

Il attend une réaction. Il sera déçu : une prise de bec littéraire par jour suffit. J'aurais pu... À quoi bon ? Au moins, lui, pour expliquer ses échecs littéraires, il ne s'en prend pas aux éditeurs ni aux critiques : il fait *social...*

Nous nous sentions fatigués, je crois. Nos hôtes ont compris sans peine — avec soulagement plutôt.

(Plusieurs pages ont été arrachées. Suit cette anecdote entre crochets que raconte le frère de Jenny. Probablement qu'il souhaitait l'insérer, mais elle apparaît anachronique. J'y ai laissé les crochets dans ma transcription qui est d'une fidélité absolue. Je ne suis qu'un rapporteur ; qu'on ne m'impute pas les faiblesses évidentes du style et les inconsistances.)

[Je me suis rendu au département d'Arts et Lettres. Une blondinette à voix de battante m'a dit : — Vous cherchez Jules Letendre ? Vous êtes l'écrivain invité alors ? Il est au H-3234. Son cours se termine dans quinze minutes. Vous voulez un café ?

– Si vous en prenez un.

– Moi, je bois de la tisane.

– C'est plus branché.

– Ça ne se dit plus branché, c'est *out.* On dit *chébran* depuis la semaine dernière. Tout le département n'a que ce mot à la bouche. C'est du verlan. Et c'est l'expression que Philippe Sollers a employé chez Pivot. Il l'avait entendue à un dîner chez Jacques Attali qui lui-même la tenait de Mitterrand. Donc, dorénavant, c'est *chébran.*

Café au bout de mon bras valide, je m'approche du H-3234.

J'entends chanter une voix nasillarde — Joséphine Baker ?

No, we have no bananas to-day...

« Notez bien, commente Letendre, toute la force existentielle de cette affirmation. Un manque, oui ! Sans doute. Mais un manque qui s'inscrit dans la concrétude. Ils n'ont pas de bananes... On ne manque pas de liberté, ni d'espoir, ni d'amour, ni de valeurs spirituelles à l'eau de rose ; on manque de bananes. Ça se touche, une banane ! Ça se mange, une banane ! Ça se pèle, une banane ! Ça existe, une banane ! Et plus encore : quand se situe donc ce manque ? Hier ? Demain ? Dans un temps indéfini ? Non ! *To-day !* Aujourd'hui ! Dans l'instant. Ce manque presse, exige : il est incontournable. La concrétude de *bananas,* jouxtée à l'irrémédiabilité de ce *to-day*, donne à ces signifiants une inéluctabilité existentielle péremptoire... C'est aujourd'hui qu'on a un manque, et pas de n'importe quoi, de bananes ! De bananes, aujourd'hui ! C'est direct, c'est franc, c'est nègre !... » Il hurle maintenant. De grands gars au fond de la classe se tordent, des filles le long des fenêtres gloussent ouvertement. Letendre, yeux exorbités vers le plafond, n'y voit que du feu. Le cours est terminé.

Il sort de sa transe et m'aperçoit.

– Vous m'avez entendu ? C'est fini Baudelaire, Villon, Mallarmé, Gatien Lapointe ou Paul-Marie du même nom. Je fais dans le concret maintenant, je puise à la source. Pendant des années, cinq minutes de commentaire sur un vers de Baudelaire me demandaient des heures de préparation ardue. Eh bien, ça fait deux heures, monsieur, que je commente sur ce *...we have no bananas to-day...* et je pourrais continuer jusqu'à la fin du semestre. Ce vers est un puits sans fond, un sujet inépuisable. C'est la vie...

Moi, je retourne chez moi. Les généreux du ministère mettront mes 300 dollars dans leur poche. Je ne suis pas assez *chébran*.]

(Et cet autre passage, également entre crochets. Ultérieur ou antérieur ? Certainement anachronique à l'endroit où il se trouve. Réalité ou segment fictif à introduire dans un roman en devenir ? On ne le saura jamais. Je ne l'ai pas retranché ; peu importe sa nature réelle, il s'harmonise parfaitement avec le ton général de ce récit.)

[Une visite.

Première partie de la soirée :

Elle arrive du Népal. Lit sur le bouddhisme tibétain depuis quelques années. Tout comme de nombreux Occidentaux égarés en Orient, sur la place du marché de Katmandou, elle a rencontré un mendiant dépenaillé, qui lui a parlé du Dharma. Elle a compris que rien n'existe sauf les projections du soi. Elle a aussitôt repris l'avion pour Montréal — tant qu'à faire, aussi bien vivre dans une non-réalité familière...

Je parlais avec elle, mais je n'existais pas. Mes paroles ne provenaient pas de moi, mais d'elle-même. J'étais partie de son rêve. Ses étudiants n'existeront pas, ni ses collègues ; ils ne seront que des projections oniriques que ses attentes sont déjà en train d'élaborer. Quant à nos sociétés occidentales : matérialisme, cupidité, ignorance des causes de la souffrance, culte du désir... Pas de termes assez durs pour les condamner ! Là, j'ai tenté de m'expliquer, de lui expliquer : si ni les consciences individuelles ni la réalité n'existent, ne sombrons-nous pas dans un nihilisme niveleur ? Bouddha, Gilles de Rais, Jésus, le Che, Pol Pot... du pareil au même ? À l'évidence, j'étais un candide, un judéo-chrétien indécrottable. Quelqu'un à qui elle reprochait de renforcer le pouvoir de l'illusion par l'écriture d'ouvrages de fiction...

J'ai pensé l'assommer en me remémorant cette anecdote qui met en scène un maître zen. Un disciple se présente devant son maître au matin et lui annonce :

– Maître, cette nuit, j'ai connu le satori. Je peux partir et enseigner à mon tour le divin Dharma.

– Qu'est-ce que la réalité ? demande le maître.

– Rien. Il n'y a aucune réalité objective. Il n'y a que le vide où se reflètent nos illusions.

Le maître prend du recul et lui assène un solide direct du droit. Le disciple tombe sur le cul, sa lèvre saigne.

– Si la réalité n'a aucune consistance, que fais-tu donc par terre avec une dent en moins ?

Je ne l'ai pas fait : rectitude politique et peur de passer la nuit au cachot. Les avocats ne sont pas faciles à joindre un lendemain du jour de l'An.

Deuxième partie de la soirée :

Elle m'annonce qu'elle ne veut pas moisir au cégep. Elle a trop de talents, trop d'ambitions. Elle veut qu'on lui confie des tâches d'administration et de recherche, dès son premier semestre. Elle veut publier des articles dans tel et tel périodique, puis écrire : des romans ou des essais — elle ne sait encore, mais qu'importe... Elle sait que M*, sa future chef de département, est une de mes amies et elle me demande de dire un bon mot pour elle. Elle me demande si je connais un tel, une telle... Pourrais-je la pistonner ? Connaîtrais-je des gens qui pourraient la pistonner ? Son objectif : d'ici trois ans, obtenir une charge de cours à l'UQÀM ; dans cinq ans, y être professeure régulière. Au cégep, on se sclérose rapidement, etc.

Troisième partie de la soirée :

Seul — enfin, allais-je écrire. Comme souvent, je laisse mes doigts courir sur les rayons de ma bibliothèque. Au hasard (?), j'en tire un livre : *Sodome et Gomorrhe* de Proust. Je l'ouvre. Un paragraphe accroche immédiatement mon œil :

Ne quittant la lecture de Stuart
Mill que pour celle de Lachelier, au

fur et à mesure qu'elle croyait moins
à la réalité du monde extérieur, elle
mettait plus d'acharnement à chercher à s'y faire, avant de mourir, une
bonne position.

Réalité ou fiction ?]

*(Manquent quatre pages. Deux autres sont illisibles : les
lignes ont été noircies au crayon feutre.)*

Cet appartement me rappelle un wagon. Étroit, haut.
Le jaune y domine.

À l'étage d'une crêperie, à mi-pente d'une rue qui va
de l'artère commerciale aux quartiers résidentiels qui
entourent l'université. Nous sommes ici au cœur de la
vieille ville. Nous surplombons la rivière, les édifices à
bureaux et les édifices jadis triomphants des communautés
religieuses, encore riches mais décimées. Au nord-ouest,
une cathédrale bloque partiellement la vue. Ses clochers
dessinent deux triangles à base étroite contre le corps granitique des caps, de l'autre côté du fjord.

Sans métaphore abusive, cet appartement me rappelle
un wagon. Long corridor, trois chambres sur un même côté ;
face aux chambres, de hautes et larges baies boivent la
lumière de midi. Au bout du couloir : salon et cuisine.
Tout est en blanc et en jaune. Meubles de cuir doré,
moquette blanche. Matelas mœlleux. Confort. On a même
aménagé une des chambres en bureau. Ça me convient.

Aicha s'est affalée sur un lit. Je continue le tour du propriétaire, Arnaud sur les talons. *(Je ne croyais pas qu'il les
avait accompagnés ? Les pages manquantes devraient
expliquer cette invraisemblance.)* [3] Abondance de lumière,

---

[3] Note de l'auteur.

ça me plaît. Il y a même de la nourriture et de la bière dans le frigo.

– C'est gentil de la part de votre collègue, je dis à Arnaud. Très attentionné.

– C'est vrai, reprend-il. Et ça m'a coûté dix-sept dollars. Il tend la main.

Je sors un rouleau de billets, et compte lentement.

– Dix-sept dollars juste ? je demande.

– Des poussières. Laissez tomber, dit-il en enfournant les billets dans sa poche.

Quel grand seigneur ! Quelle générosité !

– J'insiste, dis-je, voulant pousser sa mesquinerie jusqu'au bout.

– Dix-sept dollars et vingt-sept sous, précise-t-il.

Avec lenteur, pour faire durer le plaisir, je compte les vingt-sept sous.

– Je vous laisse, fait-il, soudain nerveux. Vous avez besoin de repos.

Aicha ronfle. Arnaud étire le cou et la regarde.

Curiosité morbide. Il est fasciné par cette statue de sel à peau chaude. Il la prend certainement pour une folle. Et il n'a pas tort.

Dehors, de hauts érables se tordent sous le soleil. Le vent tourne les feuilles. Par un carreau ouvert, l'air passe. Fraîcheur sur mon corps.

J'ouvre la radio. Malher : *La mort des enfants*. La mélodie chantée coule à travers les ronflements d'Aicha qui prennent des sonorités de râles. Elle y est allée pas mal fort sur les barbituriques. *Overdose* en guise de crémaillère ? Bonne façon d'établir solidement notre réputation, dès le premier jour.

Nous sommes de ces enfants morts pour qui l'on chante.

J'ai décapsulé une bière. Affalé dans le *lazy-boy*, je me laisse aller aux douceurs de la musique et de la rue : crissements de pneus, rires, klaxons. Clocher de la cathédrale dont les notes rebondissent sur les toits verts. Derrière, un chien aboie. Sous moi, on lave la vaisselle : cuisine de la crêperie.

Je coule. Je deviens un avec le temps et l'espace. Engourdissement. Je me sens larve au sein d'un cocon. Je coule doucement. Comme je voudrais être l'un de ces enfants pour qui l'on chante. L'angoisse : D'où provient notre mal — cette dérive enfiévrée ? À quel âge, à quel moment de l'enfance s'est-elle immiscée en nous, ver blanc à poison lent, visqueux ? Pour ma part, je n'en ai pas souvenance. Comment ne m'y suis-je pas habitué ?

Aicha grommelle, balbutie. Faudrait que je me sorte de cette torpeur ; elle a peut-être besoin d'aide. Bah ! Elle a le sang bourré de toutes les chimies ; elle pourrait entrer en compétition avec les junkies de tous les ghettos riches ou pauvres de la terre.

Si je me levais, descendais l'escalier et fuyais ? N'importe où. La clé de la Jeep est dans ma poche et le réservoir est plein. J'en suis incapable. Trop lié que je suis à cette enfantôme, à ce double à longs cheveux qui hallucine et sommeille.

Une référence littéraire (métier oblige) fait surface, comme une bulle de gaz monte de la vase d'un marais pour éclater entre les nénuphars, *Moby Dick* de Melville. De Melville le magnifique. Sur la baleinier du possédé capitaine Achab, les hommes, lorsqu'ils effectuaient des travaux particulièrement périlleux (comme le dépeçage d'un cachalot contre le flanc du navire), se liaient en couple, par une corde à singes. La couper pour sauver sa vie entraînait un déshonneur pire que la mort. L'autre singe, parfois vous le choisissiez, parfois il vous était imposé par le hasard ou l'arbitraire d'un chef d'équipage. Peu importait, une fois ce cordon ombilical de l'âge adulte enserré autour de leur taille, les deux marins étaient soudés, pour la vie ou pour la mort, pour surnager ou sombrer dans l'abîme. N'existait plus qu'un seul être à quatre bras, à quatre pattes, à quatre yeux, à deux cerveaux... Aicha est à l'autre bout de notre corde à singes. Je me demande si la Communion des saints, dont parle la doctrine chrétienne, n'est pas autre chose qu'une très longue et invisible corde à singes, qui transcenderait temps et espace, et relierait tous les hommes et toutes les femmes d'humanité — les quelques saints et tous les autres.

Aicha se lamente. Je me sors de ce marécage où vogue le navire d'Achab, où surnagent les enfants morts et le cercueil noir de Queequeg, pour aller lui rafraîchir les tempes.

Ô, Seigneur, pour une nuit, pour une nuit seulement, qu'on m'appelle Ismaël...

(Partie du manuscrit illisible, déchirée, imbibée d'un liquide liquoreux. Un peu roussie même, comme si on avait tenté de brûler ces pages.)

J'ai rapporté à Jenny toutes les affaires de son frère. Sauf cette portion de manuscrit que j'ai conservée, avec tout le sans-gêne des créateurs, pour utilisation plagiaire et future.

NATACHA ET LES DEUX IVAN

La geste quotidienne, l'ensemble des actions de tous les hommes et de toutes les femmes entr'aperçus dans la journée, vient mourir au soir, comme une houle, sur l'écran blafard de l'écrivain. Il ne lui faut qu'un peu d'énergie, un talent moyen et beaucoup d'intérêt pour s'en saisir et répéter ces histoires que murmurent les jours.

L'histoire ci-dessous est toute simple. Si simple qu'elle ne mérite même pas son nom prétentieux de fable. Je l'ai cueillie toute chaude dans l'attente d'un train, dans cette salle des pas perdus où défilent et s'ignorent des milliers de destins. Elle date pour nous, car elle nous parle d'une guerre qui est terminée pour presque tout le monde — sauf pour ceux qui en ont été marqués dans la chair et l'esprit. Avec toutes mes incapacités, je la partage.

Vendredi après-midi. La Gare centrale est bondée de solitudes qui s'entrecroisent.

Le vieil homme flotte dans un manteau sans couleur et sans coupe. De sous sa casquette, ses yeux cherchent l'horloge blanche. Il la trouve enfin et l'observe plusieurs minutes, comme s'il voulait retenir le temps ou comme s'il était ébahi que les aiguilles aient navigué si vite.

Il se dirige vers un comptoir, achète un hamburger avec frites, puis s'installe à une table basse et circulaire, à un mètre du flot humain. Avec soin, il trie les frites fumantes et les dispose en rangs serrés, par ordre de grandeur, tout autour de l'assiette, tout autour du pain gonflé par la viande et les sauces.

J'ai faim. Et, de mon banc appuyé contre le muret qui encercle un des escaliers menant aux rails souterrains, j'ai envie de lui crier : « Mange, bonhomme ! Dépêche-toi ! Tes frites vont figer. » Il continue son interminable inspection.

Survient une jeune dame. Ma foi, bien tournée et couverte de bijoux or et topaze. Jolie brune. Trente ans au maximum. Elle s'arrête et regarde le manège. Aussi étonnée que moi ?

– Pourquoi tu fais toujours comme ça avec la nourriture ? demande-t-elle.

– Je fais comme je veux, rétorque-t-il avec un fort accent d'Europe centrale.

– Une vielle habitude ramenée des camps. T'as eu trop faim là-bas, dit-elle avec tendresse.

Et elle s'assoit.

– Mais ce n'est plus nécessaire maintenant. On a toute la nourriture qu'on souhaite.

– Parle pour toi, Natacha. Moi, je suis pauvre. Vous autres, vous êtes riches. C'est pour ça que je m'en vais. Je suis votre honte.

– Nous ne sommes pas riches, fait-elle, excédée. On mange à notre faim. Tu ne vas pas nous le reprocher ?

– Moi, je dis : vous êtes riches et vous n'avez plus de cœur ! Voilà ce que je dis.

De mon banc, il me semble voir des larmes dans les yeux de la jeune femme. Elle se lève et se dirige vers le comptoir. Maintenant que le siège est vide devant lui, le vieux se met à manger. De bon appétit.

Natacha revient, un café à la main.

– Ivan n'est pas avec toi ? demande le vieil homme.

– Edwards, papa. Si tu appelais son fils par son vrai nom, déjà les choses iraient mieux avec Jim.

– C'est ton fils aussi, hein ? Il aurait donc dû s'appeler Ivan, comme mon père et comme moi. Ton mari n'aime pas les Juifs. Il ne m'aime pas. T'as vu comme il était furieux hier ? Il ne veut pas qu'Ivan m'écoute parler. Il ne veut pas que je parle avec mon propre petit-fils ! Il est dénaturé, et je le lui ai bien dit.

La femme retire son manteau et s'installe, résignée.

– Jim ne te déteste pas, mais il ne veut pas que tu effraies Edwards, c'est tout. Tu n'es plus en Prusse orientale et il n'y a plus de camps. Nous ne sommes plus en 1945, papa !

– Il y a toujours des camps ! (Et il se frappe le cœur.) Les camps sont toujours là ! Et il y en a encore, partout. Écoutes-tu les nouvelles, des fois ? Et il y en aura dans l'avenir. Toujours, et de plus en plus. C'est pour ça que j'en parle à Ivan. Pour qu'il puisse reconnaître à l'avance ceux qui les construisent et les remplissent d'humains, comme nous.

Elle sourit avec tristesse, se penche et avance la main pour lui caresser la joue. Mais le vieil homme se recule, évite le contact.

– Ça lui donne des cauchemars, papa. Le psychologue de l'école en a parlé à Jim. C'est pas bon pour lui.

– La vérité est toujours bonne. Le psychologue, il est fou ! Les psychologues sont tous fous, c'est bien connu. C'est pour ça qu'ils choisissent ce métier-là, pour se rassurer.

Le vieillard dispose maintenant les restes avec soin dans un sac brun, près de sa valise cartonnée. La jeune femme regarde dans toutes les directions, elle cherche de l'aide peut-être. Les passants l'ignorent, ne la voient pas, fantôme parmi les fantômes. Quant à moi, j'évite aussi son regard ; je ne saurais que dire devant de tels désarrois, et j'en ai déjà suffisamment sur le dos. Du moins, c'est ce que je crois.

– À son âge, moi j'étais... commence-t-il.

– Dans les camps, je sais, interrompt-elle.

Elle fouille dans son sac et en sort un paquet de cigarettes.

– C'est mauvais pour les poumons.

– J'avais presque arrêté. C'est quand je suis tendue...

– Et moi, je te stresse. Tu vois, c'est beaucoup mieux que je retourne à Toronto.

Deux géants bardés de cuir s'approchent, entraînés par le flot. Ils sont chaussés de Doc Marten et portent des croix gammées et des croix de Malte à leur blouson. Le vieux a un mouvement de recul. La fille pose sa main sur la sienne. Cette fois, il ne refuse pas le contact.

– Calme-toi, chuchote-t-elle. Ils portent ces insignes comme ils porteraient la photo de leur rocker favori ou l'écusson de leur collège. Ça n'a pas de signification pour eux. Ils ne savent pas ce qu'ils font.

– Les jeunes SS avaient le même âge. C'est ce qu'on a dit après la guerre, à Nuremberg, qu'ils ne savaient pas ce qu'ils faisaient. Ça ne les a pas empêchés de tuer des millions de gens. Ceux de l'Est, les Rouges, ils portaient un marteau sur une faucille... Ils ne devaient pas savoir ce qu'ils faisaient, eux non plus. C'est pour ça qu'ils nous ont libérés des camps nazis pour nous fourrer dans d'autres. C'est dangereux des gens qui ne savent pas ce qu'ils font.

Natacha soupire et approche sa chaise. Elle se colle tout contre lui. Le vieux est devenu plus conciliant.

– Tu dois demeurer avec nous. C'est pas bon pour toi de vivre seul à Toronto. Tu ne fréquentes que d'anciens déportés, comme toi, et vous ne parlez que de ça.

– À Toronto, il y a moins de nazis.

– Il y en a tout autant. Tu le saurais si tu sortais de ton quartier et de ton cercle.

– Je te demande pardon ! Mordecaï a dit...

– Mordecaï est un malade ou un filou. C'est un sanstalent qui s'est fait un nom en tablant sur la peur de gens qui ont souffert mille morts, comme toi, ou sur la peur de leurs enfants.

Le vieil homme baisse la tête et soupire.

– Pourquoi le monde nous déteste-t-il ? Partout et toujours, comme ça ?

Elle rougit et baisse la tête à son tour.

– Tu ne crois pas que Mordecaï ait raison ? continue-t-il. Il est né ici. Il sait de quoi il parle. L'as-tu déjà seulement rencontré ? L'as-tu déjà seulement écouté ?

– Oui. Une fois. Et je l'ai écouté.

– Tu ne crois pas qu'il ait raison ?

– Si les gens d'ici ont de la haine envers nous, je l'ignore. Ce que Mordecaï m'a surtout montré, ce qu'il m'a fait découvrir, c'est le mépris que je porte aux autres, c'est la peur que m'inspirent les gens d'ici... Ça, je l'ignorais jusqu'à ce que j'aille entendre Mordecaï, et je me suis détestée pour ça. Et je déteste Mordecaï de m'avoir révélé ces vilaines choses en moi. Tu me comprends ?

Le vieux la serre contre lui. Elle pose sa tête sur son épaule et il se met à chantonner. Sans doute une berceuse qui provient du fond des steppes et que des milliers d'enfants juifs ont entendue. Pendant quelques minutes, elle et lui sont seuls au monde. Les deux nazis bardés de cuir s'éloignent, et se perdent dans le flot des figures anonymes.

Soudain, elle relève la tête :

– Si seulement tu ne t'étais pas sauvé par la porte d'en arrière, comme un voleur, je serais venue te conduire. Ç'aurait été un départ moins triste, tu ne trouves pas ?

Il la regarde soudain avec le visage calme et réjoui de ceux qui viennent de trouver une solution acceptable à un problème difficile.

– Si seulement, toi, tu avais emmené le petit Ivan, peut-être que je me serais laissé convaincre de retourner vivre chez toi.

– Tu es sérieux ?

Et les yeux de Natacha brillent. De joie cette fois.

– Je n'ai pas d'autre fille que toi, tu sais. Ni de garçon. Quand je ne serai plus là et que tu ne seras plus là, il n'y aura qu'Ivan pour se souvenir de moi et de tous ceux de notre famille.

– C'est beaucoup de responsabilités pour les épaules d'un enfant. Tu ne trouves pas ?

– Mais si je ne lui en parle pas, qui va lui en parler ? Pas toi, certainement. Jim ? Encore moins ! Ici, en Amérique, les gens vivent comme s'ils étaient le commencement et la fin de toutes choses. Comme s'il n'y avait eu personne avant eux et qu'il n'allait y avoir personne après eux.

Natacha a posé ses coudes sur la table et a enfoui sa figure entre ses mains. Ce genre de discussions a dû se reproduire des dizaines et des dizaines de fois. Elle en connaît l'inutilité.

Une vieille femme pousse un chariot de supermarché où s'entassent vêtements et nourriture, ainsi qu'une couverture râpée, pour dormir n'importe où. Ivan lui sourit, se soulève de son siège et enlève sa casquette. La femme s'arrête un instant, montre des dents étonnamment blanches et saines pour son âge et agite la main en guise de salutations.

Natacha observe la scène, interloquée.

– Tu ne trouves pas qu'elle ressemble à Alietva ? La femme de ce pauvre Loubiakine, chez qui j'ai habité avant de me rendre au Canada ? Je t'ai souvent montré sa photo...

Elle soupire.

– Si c'est l'Alietva dont tu m'as souvent parlé, tu sais quel âge elle aurait aujourd'hui ?

– Non. Je n'ai jamais fait le calcul, bredouille-t-il comme un gamin pris en défaut.

– Cent douze ans ! avance Natacha triomphante.

– C'est peut-être sa sœur plus jeune ou une de ses filles alors ?...

– Tu ne démords jamais ! C'est de toi que les mules ont appris, lance la fille dans un rire.

De l'autre côté du vaste hall, deux policiers sortent un vagabond qui proteste. Il a dû demeurer plusieurs heures sur le même banc. Moi aussi et plusieurs autres occupons le même siège depuis plus d'une heure, mais nous portons cravate et souliers vernis, et nous avons un livre ou un magazine à la main. Aucun propriétaire de boutique ne songera même à porter plainte contre nous et nous n'aurons jamais besoin de vociférer notre indignation ; nous ne serons jamais accusés d'avoir troublé l'ordre public. Rassurant...

Le vieil homme désigne la scène à la jeune femme et hoche la tête. Il a l'air de dire : « Tu vois, les camps... »

Puis il la prend par les épaules et la regarde droit dans les yeux.

– Si tu revenais avec Ivan, le jeune Ivan, je crois bien que je retournerais chez toi. Faudrait que Jim me fasse des excuses, bien sûr...

– Tu es sérieux ! reprend Natacha, rieuse. Mais ton train ?... Il est dans dix minutes.

– Tu penses ! Mais non. Je me suis informé. Pas avant dix-sept heures quarante-cinq, au plus tôt.

– Ça ne serait pas plus simple de venir tout de suite ? Plutôt que de retourner chercher Ivan et revenir... Et repartir ?...

Le vieil homme se renfrogne.

– Question de dignité.

Elle passe son manteau et empoigne son sac, avant de l'embrasser et de partir précipitamment. Presque en fuite.

À peine a-t-elle franchi la porte tournante que les haut-parleurs grésillent l'appel : « Rapido, Montréal, Kingston, Toronto... ».

Ivan se lève et se dirige vers l'escalier où le voyage l'attend. Avant de descendre, il regarde une dernière fois par-dessus son épaule.

Je me suis souvent demandé s'il savait qu'elle savait...
Et si elle savait qu'il savait qu'elle savait... Si toute cette
histoire de départ furtif n'était pas autre chose qu'un rite
convenu, qu'une façon de rendre les séparations moins
douloureuses. Il m'aurait fallu revenir, jour après jour, et
attendre la répétition de cette scène pour savoir réelle-
ment... Des années peut-être. Et encore. On ne traque pas
plus la vie que le vent.

Que les dieux s'arrangent avec ce fatras karmique et en
sortent le souverain bien.

L'ICEBERG DE LOU MORRISON

La folie humaine ne saisit pas son étendue, les limites hors limites qu'elle peut atteindre. Les propagandistes du néolibéralisme, les éditorialistes, les agents de relations publiques, les lobbyistes, les spin-doctors et, surtout, les promoteurs patentés des causes écologistes et humanitaires sont souvent, dans l'insane, les champions toutes catégories. Ces derniers ont la générosité, l'indignation et la compassion sélectives — en fonction de leurs intérêts du moment ou selon ces tendances cosmopolites dont les sources sont aussi inaccessibles aux profanes, aux vulgaires, qu'elles sont fumeuses ou inavouables.

Dans leurs Leer Jets ils accourent, vêtus de polars griffés, et s'imposent aux indigènes ébahis comme les missionnaires d'une foi irrépressible. Vous vous la fermez ou, au nom de causes transcendantes, discutées dans les lofts new-yorkais et genevois, nos petits amis des médias vous crucifieront.

Monsieur le maire marche sur la grève, le long de la ligne des marées. Il soupire d'aise et hume l'air salin. Ça sent bon la mer et les promesses de quiétude que rien ne viendra plus jamais troubler. De temps à autre il s'arrête, lève sa main droite et observe le large par le vide en *v* que ses trois doigts absents ont laissé. Quelques goélands, une barge immobile et noire, un banc de brume qui n'en finit pas de s'étirer, deux cormorans... : rien. Il sourit, puis reprend sa marche sans but sur les sables hérissés de cayes, qui pourrait bien le mener ainsi jusqu'au Labrador...

C'est un village oublié par le temps. Au fond d'une anse rocheuse que battent les vagues du golfe. En majorité des Blancs. Quelques Métis. En marge, des Montagnais et des Naskapis. Longtemps ils ont pêché, longtemps ils ont chassé le phoque. Un jour, Ottawa a découvert une pénurie de morue et a abandonné le reste des stocks aux chalutiers internationaux ; un autre jour, des hélicoptères se sont posés sur la banquise, des *VIP* en sont descendues, des vedettes politicardes et des journalistes des plus grands médias de la terre, et le lendemain, tous les téléspectateurs du monde apprenaient la nouvelle : ils étaient de sanguinaires assassins.

Depuis, le village est triste. Les adultes boivent. Les vieux meurent plus jeunes. Les enfants se suicident et sniffent de la gazoline — ceux qui atteignent l'âge adulte fuient vers le Sud pour ne plus revenir.

On a dit de Morrison qu'il avait été le premier à l'apercevoir. Il a couru chez Morin, son matelot, lorsqu'ils prenaient encore la mer aux aurores. Moira, la femme de Morin, lui a dit : « Trop saoul, impossible à réveiller. »

Mais Moïra a suivi Morrison, et ils ont frappé à au moins dix portes. Quinze minutes plus tard, ils étaient une quarantaine sur la plage rocailleuse, près du quai rouge. Morrison n'avait pas eu un coup de lune : il était bien là, à cinq ou six kilomètres du rivage, gros diamant sur l'eau verdâtre.

Les jeunes ont amassé du bois de grève et ont allumé un feu. Ils ont traîné des caisses de bière — et des chaises pour ceux qui répugnaient à s'asseoir sur les pierres. Ils se tenaient en demi-cercle, yeux vers le large.

Le soleil a baissé. Les Naskapis sont arrivés avec quelques saumons ; une famille de la Pointe a apporté des crabes ; les Giroux une brouette pleine de maïs. Les jeunes ont allumé d'autres feux et ils y ont installé des marmites et des plaques de tôle. C'est alors que l'iceberg s'est enflammé. Des verts émeraude, des reflets or, des roses plus roses que la chair des saumons. Les villageois en étaient bouche bée. L'admiration les figeait sur place ; ils en oublièrent le boire et le manger, pendant que tombait la nuit.

Seul Jos Malenfant avait des réserves. Il avait étudié la comptabilité dans le Sud avant de tenir les livres de la coopérative. Il se disait : « On en fait beaucoup pour un motton de glace, même si c'est certainement le plus gros qu'on ait jamais vu dans les parages. »

On cogne à tout rompre à sa porte. Morrison se tourne et se retourne dans son lit. Il s'est couché tard avec toute cette histoire, et il se demande pourquoi Reine n'ouvre pas. Puis il se souvient : Reine est partie. Il y a bien de ça trois mois. Retournée vivre chez sa sœur, à Sept-Îles ; le Nord, elle ne peut plus le supporter. Nerfs trop fragiles.

Il grogne et va ouvrir. Stupeur. Les pales d'un hélicoptère jaune tournoient près de la chapelle, face à son domicile.

Devant sa porte sautille un petit homme noir, dans un survêtement vert fluo.

« Vous êtes bien monsieur le maire ? Monsieur Louis
Morrison ? »

Morrison n'a pas le temps de répondre, de bafouiller
son nom. On l'agrippe, on l'entraîne vers l'hélico qui
décolle, rageur.

Un femme lui poudre le nez, une autre défait sa queue
de cheval et enduit ses cheveux d'une graisse transparente ;
un homme lui passe une veste orange que des lettres grises
et torturées barrent, en diagonale. Morrison se contorsionne
le cou pour arriver à lire ; il n'y arrive pas. Alors il regarde
par le hublot. Le monstre blanc s'est rapproché du rivage.
Va-t-il s'échouer ? Du haut des airs, encore plus bouleversant.
Une peau ridée et crémeuse de cachalot : des montagnes,
des crevasses, des vallées... Des reliefs indiscernables de la
rive. Un monde lunaire, de blanche désolation. Immense :
des dizaines et des dizaines de banquises à loups marins
superposées.

Au rebord oriental de la glacière flottante, des gens,
une équipe : violets, rouges et jaunes de vêtements trop
neufs sous le soleil d'août.

On le place devant une caméra. Un homme le contourne,
photomètre en main. — Ne grimacez pas ! ordonne-t-il.
— Il a le soleil dans l'œil. Tourne-le un peu, dit une
femme. Un technicien le pousse vers un bloc de glace, où
il bascule. On dépose une bouteille entre ses mains. —
C'est quoi ? demande Morrison qui se redresse. — De la
vodka, répond l'homme. Et une fille crie un nom que
Morrison ne comprend pas. On le photographie sous tous les
angles, et on le rembarque. À nouveau la peau crémeuse de
cachalot, et la rive, où les villageois attendent.

– On pensait que des Martiens t'avaient enlevé, lance
Moïra.

– Il l'ont pas trouvé assez bon à manger, ils l'ont ramené, hurle Pitre Lalancette.

Morrison se tient sous les pales, ahuri.

– Vous pouvez garder la bouteille, mais on reprend la veste, dit l'homme au survêtement vert fluo. Et, sans ménagement, il l'arrache de la carcasse de Morrison, avant de lui présenter un document à signer.

L'étranger se dirige vers l'hélico lorsqu'il se retourne et demande au maire, qui a entamé la pente vers sa maison recouverte de papier noir : — Le chèque, je le fais à votre nom ou au nom de la municipalité ?

À bout de souffle, Morrison se retourne et touche sa poitrine angineuse...

Déjà l'insecte métallique chevauche les collines chauves qui bordent la mer.

À la table de la cuisine, il tourne et retourne la bouteille entre ses grosses pattes. Il n'arrive pas à lire l'étiquette. Mais c'est de la vodka ; cet étranger qui semblait le patron l'a bien dit. Il l'ouvre, hume le liquide transparent et s'en verse une rasade. L'automne dernier, le jeune médecin en visite au dispensaire lui a bien recommandé : « Le mieux pour vous, pour votre cœur, ce serait de ne plus boire. Si vous buvez, évitez les boissons colorées. Buvez de la vodka, par exemple. »

Un délice... Vite interrompu. Entrent Phil Lafrance, Phil Robertson et Naomi Simard.

– On dirait une assemblée du conseil, plaisante Morrison. Vous voulez y goûter ?

– Je bois pas avec un crosseur, répond Phil Lafrance.

Lou Morrison n'en croit pas ses oreilles. Phil et lui sont amis d'enfance. Jamais un mot, jamais une chicane... Au conseil, Phil vote toujours de son bord.

– T'es un beau chien sale ! Tu nous as vendus, comme Judas. Mercredi, tu vas t'expliquer devant le peuple. On vient de chez Lizzie. On veut une assemblée spéciale. Tu pourras pas te défiler, renchérit Naomi.

Sortent Phil Lafrance et Naomi Simard.

Phil Robertson reste derrière. Ils n'ont jamais été amis, mais ils se respectent.

– Pourquoi t'as fait ça, Lou ? demande-t-il de sa voix posée.

– Mais j'ai fait quoi ?!

– C'est pas en faisant le niaiseux que tu vas t'en sortir, Morrison. Pas cette fois.

La mairie, c'est peu de choses. Un coin du sous-sol de la chapelle. Deux bureaux exigus. Celui de Lizzie et le sien. Lizzie, elle est tout : secrétaire de la municipalité, trésorière, greffière... Elle est aussi veuve, grande, blonde et bien conservée. Dans les goûts de Morrison. Il pense souvent à elle depuis que Reine est partie. Mais il hésite. Il est le maire ; les ragots. Et puis, Lizzie, elle ouvrirait ses jambes aux prospecteurs de passage, à ce qu'on dit.

– Y a du nouveau, Lizzie ?

– Du nouveau ? Le répondeur est engorgé...

– Ils veulent quoi ?

Elle prend une feuille sur son bureau.

– D'abord, des demandes d'entrevues : des chaînes québécoises, canadiennes, américaines, européennes...

– Avec qui ?

– Avec toi, gros concombre !

Elle ne lui a jamais parlé comme ça.

– Puis il y a des commentaires... Je dirais des insultes, des grossièretés plutôt. Tu veux les entendre ?

De la main, il lui fait signe d'y aller.

– Bâtard fasciste !... Assassin des enfants de la Terre !... Assoiffeur de peuples !... Pinochet du Nord !... Nazi !... Vendu à Bay Street !... Rapace !... Ta mère doit pleurer en regardant ta photo...

Lizzie y prend plaisir. Morrison l'arrête de la main.

– Y en a des pires, tu sais. En anglais, en espagnol et dans d'autres langues... Je ne les comprends pas toutes.

– J'ai fait quoi, Lizzie ?

– Y en a une positive en anglais, d'un gars de l'Arizona. Je te la traduis : « Ne perdez pas courage. Tenez bon. Nous sommes de tout cœur avec vous. Tenez bien haut le flambeau des libertés occidentales. J'appartiens à la *United Church for a Christian and Libertarian World.* J'envoie par courrier de la documentation et un formulaire d'admission. Pour une cotisation annuelle, minime, de 1200 $, vous recevrez notre bulletin trimestriel et tout notre support moral... *God bless you* ! »

Morrison ne s'est jamais ennuyé dans ce village. Il y est né, s'y est coulé dans son rythme, accordé à son temps, qui ne le poussait vers nulle part. Et il en était satisfait jusqu'à en devenir le maire incontesté et incontestable. Pêcher, chasser, jouer au bingo le dimanche, participer aux festins de homards et de crabes, discuter en comité de l'ajout d'un lampadaire au bout de la rue unique et principale qui mène à la toundra... Toutes ces activités emplissaient ses jours, ses mois, ses années. Ses cheveux s'éclaircissaient, grisonnaient, son cholestérol augmentait, son ventre devenait plus proéminent, mais ça ne le troublait guère : l'ordre des choses. Son village lui était plus intime que son propre cœur. Depuis hier, il n'y comprend plus rien.

Par la fenêtre, le monstre s'approche toujours. Magnifique, impavide, blanc, immaculé, gigantesque et porteur de toutes les malédictions.

Mais sur la grève, ébullition. Trois hélicos. Deux hydravions. Des Zodiacs font la navette entre l'iceberg et la rive. Des techniciens, caméra à l'épaule ; d'autres manipulent des perches de son.

– C'est ton fils, Lou.

Morrison prend l'appareil. Maurice est surexcité.

– C'est extraordinaire ce qui nous arrive, p'pa ! J'ai jamais été aussi heureux ! Ça va nous mettre au monde, cette histoire-là. On n'aurait jamais pu rêver mieux... Ils vont faire un film ! Peut-être ben que je vas écrire le scénario — je connais le milieu. C'est fini, la petite vie pour nous autres. C'est de l'*exposure* planétaire qu'on a là ! As-tu vu m'man ? Ils ont loué un avion juste pour elle. Je lui ai parlé tantôt. Ils vont l'interviewer devant l'iceberg. Elle doit être arrivée...

D'habitude son fils se plaint. Il est plutôt morose, déçu par la vie. Parti faire carrière comme journaliste, il a échoué. Il s'est tourné vers l'informatique. Présentement, il lave les toilettes à la Cité du Multimédia. Dans sa dernière lettre, il espérait se placer dans une boîte qui crée des logiciels. Aux toilettes, parfois, un des actionnaires lui sourit...

– Lâche pas la ligne, p'pa. On passe en direct. Avec du beau monde, à part ça. Je fais une déclaration, après ils vont te parler. Je suis dans la loge de Michel Bournoul, de l'émission *Couette, croissants et café.* Tu connais pas ? Tu regardes jamais la télé l'avant-midi ? À tantôt. Reste là !

Morrison ouvre le téléviseur sur le bureau de Lizzie. Il reconnaît Bournoul, Isabelle Maréchal, Jacques Godin et Michel Chartrand... et, au milieu de cette brochette, Maurice ! Il n'apparaît plus enthousiaste du tout. Il aurait même une gueule de déterré. Il s'essuie les yeux avec un mouchoir.

L'animateur présente les invités, puis :

Nous avons sur le plateau monsieur Maurice Morrison, fils de ce célèbre Lou Morrison dont la presse du monde entier répète le nom à satiété depuis deux jours. Nous allons lui demander, en guise d'ouverture, de bien vouloir faire une déclaration. Malgré l'émotion et l'indignation bien légitimes que l'Affaire de l'iceberg a provoquées chez lui, il a bien voulu nous consacrer quelques minutes de son précieux temps.

Maurice Morrison : *Monsieur Bournoul, avec votre permission, ce n'est pas une déclaration que je voudrais faire, mais plutôt une supplication que je voudrais adresser à mon père.*

Michel Bournoul : *Je vous en prie... Je sais que ce n'est pas facile pour vous. Ce sont de véritables larmes, chers téléspectateurs, que j'aperçois dans les yeux de ce jeune homme.*

Maurice Morrison : *Papa, lorsque j'étais petit, tu me portais sur tes robustes épaules de travailleur de la mer, et nous marchions jusqu'à ce marais où tu m'as enseigné les noms des oiseaux, des plantes... Lorsque j'ai grandi, tu m'as appris que je ne devais jamais mentir, ni voler, que la justice et le respect des autres étaient des valeurs absolues. Et je t'ai cru. Ne me déçois pas. Redonne cette eau douce, congelée, à l'humanité qui a soif. Ne la réserve pas aux caprices snobinards des golden boys qui peuvent se payer le luxe de boire leur cocktail favori en faisant tinter au fond de leur verre un glaçon en provenance directe de l'arctique...*

(Il éclate en sanglots.)

Michel Bournoul : *Prenez votre temps, mon garçon. Nous vous comprenons.*

Maurice Morrison : *Papa, je t'en supplie, reprends-toi. Redeviens l'homme pauvre, mais digne que tu as toujours été. Si au moins, si au moins...* (Il soupire, reprend contenance.) *Si au moins tu n'avais pas fait faire le chèque à ton nom, si au moins tu l'avais fait faire à l'ordre de la municipalité, j'aurais pu comprendre...*

Michel Chartrand : *Casse-toi pas la tête pour rien, le flot. Ton père, il a été avalé par le capitalisme, hostie ! Y a plus rien que la crisse de piastre qui compte...*

Jacques Godin : *Ce monsieur Morrison, n'était-il pas impliqué dans ce mouvement de résistance local contre les écologistes et les animalistes qui s'opposaient à la chasse aux phoques, il y a une dizaine d'années ? Quand un homme approuve la cruauté envers les animaux, il peut faire n'importe quoi à ses semblables.*

Isabelle Maréchal : *Une irresponsabilité globalitaire... Au nom de tous les enfants, de tous les assoiffés de cette Terre, reprenez-vous, monsieur le maire !*

Michel Bournoul : *Vous connaissez notre règle de conduite. À l'intérieur de cette émission, nous n'accusons jamais personne sans lui donner l'occasion de se défendre. Monsieur Morrison est en ligne. Que répondez-vous, monsieur Morrison, à ces interpellations ?*

Morrison, effrayé et stupéfait, fixe l'écran.

Michel Bournoul : *Monsieur Morrison, vous êtes encore là ?*

– C'est à toi qu'il parle, gros gnochon. Dis quelque chose ! fait Lizzie.

Lou Morrison : *Bonjour...*

Michel Bournoul : *Monsieur le maire, ça signifie quoi, pour vous, cet iceberg-là ? Ça vous dit quoi, éthiquement, quand vous le regardez ?*

Lou Morrison : *C'est... C'est... beaucoup de glace...*

Cris indignés des invités qui réconfortent Maurice.

Lou pousse le bouton de l'appareil et se précipite vers l'extérieur.

Il voudrait bien voir et entendre ce qui se passe sur la plage — sans être vu. Il descend par le sentier des Saints-Pierrais[4], qui le conduit derrière un amoncellement de rochers.

On filme un homme. Bouteille dans une main, verre dans l'autre, il s'adresse au cameraman : « Vous me recon-

---

4 Nom donné aux contrebandiers d'alcool pendant la prohibition aux États-Unis.

naissez, je suis Gaspard de Contrecourt. J'ai dégusté dans les caves des Rothschild. J'ai goûté dans les chais des plus célèbres crus de France et de Navarre. À Paris, comme à Montréal et à Santiago, ma réputation de taste-vin n'est plus à faire. Eh bien moi, je vous l'assure, et j'y mets toute ma réputation : je n'ai jamais rien goûté qui réjouisse autant mes papilles, vous pouvez me croire, que cette vodka (... kachta ?...) — la marque échappe encore à Morrison — lorsqu'un glaçon de cet iceberg y fond... »

– Coupez ! lance la réalisatrice derrière le cameraman. C'est du bon stock.

– Très persuasif. Mais trop long. Faudrait réduire d'une à deux secondes. On pourrait reprendre en laissant tomber Montréal et Santiago. Quand on a dit Paris... suggère une scripte.

– On reprend sans Montréal, sans Santiago, mais on garde Rothschild. On tourne !

Une voix aiguë, près du quai rouge. Une femme s'escrime devant des reporters qui, en chœur, hurlent des questions.

Morrison s'approche et s'accroupit derrière une caye. Les goélands le survolent ; ils voudraient le dénoncer qu'ils ne feraient pas plus de vacarme.

– Je ne reconnais plus mon mari, lance la femme au bord des larmes. Il avait ses défauts, mais son honnêteté n'avait jamais été mise en doute...

– Vous vivez séparés, à ce qu'on dit. Vous l'aimez encore ?

– Comme tous les couples, on a eu nos difficultés... On a décidé de prendre un peu de recul. Mais là... Je pourrais jamais vivre avec un homme qui, par amour de l'argent, laisse mourir de soif des milliers d'enfants.

– Saviez-vous qu'un cheik du Golfe lui offre le double pour pouvoir remorquer l'iceberg vers les populations dans le besoin ?

Il n'y aura pas de réponse. Un agent de communication annonce la fin du point de presse. Les journalistes protestent. Les techniciens rangent leur équipement. Reine retourne vers l'hydravion dont les flotteurs reposent sur le sable. Morrison se hausse entre deux rochers. Reine l'aperçoit, il peut en jurer, mais elle tourne la tête avec dédain, et poursuit sa marche vers l'appareil.

Des reporters l'ont aperçu également : la charge ! Morrison grimpe la pente vers sa demeure, meute sur les talons. Lorsqu'il referme la porte, sa poitrine lui fait mal, son crâne lui fait mal. À bout de souffle, il s'affaisse. On cogne, le téléphone sonne, des visages se pressent aux fenêtres... Morrison arrache le fil du téléphone et rabat les stores.

Enfin, une paix relative. On cogne encore aux portes, mais avec de moins en moins d'insistance à mesure que les minutes passent. Sur la véranda les piétinements diminuent. On parle toujours dans la cour. Morrison risque un œil par l'étroite fenêtre de la salle de bains : des journalistes mangent à sa table de pique-nique. Le monde l'assiège.

La bouteille est toujours au centre de la table. Et un verre. Il le remplit de liquide incolore. Deux fois. La douleur au centre de sa poitrine s'estompe, son souffle reprend son rythme et il se surprend à rire. « Suffit de ne pas bouger, ils finiront bien par s'en aller... » Qu'est-ce qui lui arrive donc ? Une pelote de fils trop difficile à démêler ; il n'arrive pas à réfléchir.

Par automatisme, il s'empare de la manette du téléviseur. Nouvelles du midi :

Ce qu'il convient désormais d'appeler l'Affaire de l'Iceberg a obligé le premier ministre et le ministre des Affaires extérieures à interrompre leurs vacances. À sa descente d'avion, monsieur Chrétien y allait de cette déclaration : « Un iceberg, c'est un iceberg... Puis un iceberg, que voulez-vous ?, c'est de la glace. Un jour, il va fondre et le problème, bien, il va se régler par l'effet même... Mais, en

attendant, faut y voir : il est dans les eaux canadiennes, cet
iceberg-là. Est-ce qu'on peut le remorquer, le fractionner en
cubes, le vendre sans l'autorisation des autorités fédérales ?
Je pose la question. Remarquez bien, je ne remets pas en
cause la bonne foi de monsieur Morrison, ni celle de ce
magnat du pétrole qui veut le remorquer pour donner à
boire aux populations africaines, mais faut quand même
éviter les précédents... C'est une question de souveraineté
nationale... »

Morrison sursaute et se dresse : c'est de lui dont on
parle à la télévision.

(Sur fond d'une image de famine, d'enfants noirs au
ventre gonflé, une adolescente africaine se profile.)

Une reporter déclare en préambule : « *C'est la voix de*
l'Afrique, la voix de tous les enfants du monde qui s'exprime
par cette jeune fille, chers téléspectateurs » — et elle lui
tend un micro : « *Monsieur Morrison, chez vous, au*
Québec, il y a beaucoup d'eau. Vous ne pouviez pas com-
prendre. Mais maintenant vous savez. Maintenant vous
voyez. Les enfants de la Terre vous supplient, et ils ont soif.
Ne vous laissez pas aveugler par l'appât du gain. Votre
responsabilité sera immense... On vous jugera, tout comme
on a jugé les criminels de guerre... »

Morrison ferme le téléviseur. Il se rend au miroir près
de la porte d'entrée et s'observe. Ses lèvres tremblent. « Je
suis un salaud ! Et je ne le savais même pas. »

Ce n'est plus au verre mais au goulot qu'il termine la
bouteille. Jusqu'à se noyer dans une obscurité où même les
enfants ont disparu, où même la voix des enfants s'est
éteinte. Étendu sur le linoléum, il s'enfonce dans un sommeil comateux. L'y rejoindra son père, mort pourtant
depuis dix-sept bonnes années.

Ben Morrison lui apparaît très jeune. Il se tient dans la
porte arrière et lui fait signe. De son rêve, Lou Morrison se
lève et le suit jusqu'à la remise. Ben en ouvre la porte et

désigne une trappe dans le plancher. Puis il prendra la forme d'une Lizzie en chaleur, celle que Lou a toujours voulu connaître.

À son réveil, il a éjaculé dans son pantalon et il sait clairement ce qu'il lui reste à faire.

L'obscurité est encore dense. Les feux de la presse se sont éteints. « Les journalistes sont partis ou ils dorment. » Lou se faufile jusqu'à la remise, ouvre la trappe et en extrait trois caisses et un sac. Il place le tout sur la remorque de son VTT et, par un chemin rocailleux et discret, il se rend chez Lizzie. Sur la grève, devant sa demeure aux portes et aux volets jaunes, un Zodiac. Il appartient aux prospecteurs que la femme héberge parfois.

– As-tu vu l'heure, Lou Morrison ?

Elle est désirable, en déshabillé, sous la lueur falote du plafonnier.

– Je veux me rendre à l'iceberg, Lizzie. Aller-retour.

– C'est pas à moi.

– Je le sais. Si jamais je le brise, je vas le réparer. C'est comme qui dirait une réquisition officielle, municipale.

Depuis le rêve, depuis qu'il a décidé d'agir, il n'a plus aucune appréhension. Il fend la nuit sous les étoiles narquoises. L'air frais le revigore. Au large, le monstre blanc scintille. Le dos rond d'un rorqual coupe son sillage.

Il s'échoue sur la glace qui crisse, et débarque les trois caisses, le sac et une tarière.

L'aube se lève. Il sue. Des dizaines de trous. Il y enfonce des bâtons rouges qu'il relie les uns aux autres par des mèches. À observer son père, il a appris. La dynamite, on s'en servait pour faire éclater des pierres — parfois aussi pour braconner la truite dans les lacs ronds et poissonneux de l'arrière-pays. En automne, la cueillette était mirobolante. On fumait la chair rouge, la cannait... On en mangeait tout l'hiver. C'est de Ben Morrison qu'il a appris à placer les charges, à étirer les mèches, à insérer les détonateurs.

Dans l'aube il se demande : « Assez d'explosif ? » Ce bloc de glace est considérable. Pas le temps d'aller quérir d'autres bâtons. Le soleil se lève et bientôt le va-et-vient entre le rivage et l'iceberg va recommencer. Il se hâte. Le soleil darde son œil. Les tiges rouges, les mèches, les détonateurs... Il s'impatiente, brusque ses gestes et, soudain, le soleil fond sur la banquise, le soleil l'engouffre et son regard s'accroche au ciel bleu nuit de l'aurore, à l'ouest...

Tout est blanc ici. Un tissu soyeux crisse sous son corps. Un plafonnier l'aveugle... « Je me suis endormi sur la banquise ? »

« Vous vous en êtes bien tiré. Une chance de bossu. Heureusement, les gardes-côtes passaient. Vous y perdez trois doigts. Ça aurait pu être pire », chuchote une voix féminine dans son oreille gauche qui bourdonne.

On a pensé le poursuivre au criminel, puis le substitut du procureur a laissé tomber les accusations : trop floues ; et puis : « Il a été assez puni. » Des citoyens ont pensé à le destituer de sa fonction de maire ; mais les fragments de l'iceberg ont dérivé, fondu, et, avec eux, se sont estompées les velléités de destitution...

Tout ceci explique que ce matin :

... Monsieur le maire marche sur la grève, le long de la ligne des marées. Il soupire d'aise et hume l'air salin. Ça sent bon la mer et les promesses de quiétude que rien ne viendra plus jamais troubler. De temps à autre il s'arrête, lève sa main droite et observe le large par le vide en *v* que ses trois doigts absents ont laissé. Quelques goélands, une barge immobile et noire, un banc de brume qui n'en finit pas de s'étirer, deux cormorans... : rien. Il sourit, puis reprend sa marche sans but sur les sables hérissés de cayes, qui pourrait bien le mener ainsi jusqu'au Labrador...

BLUES DE NOVEMBRE

La théorie du chaos étonne. Pour un profane — dont l'humble auteur de fiction — elle peut se résumer ainsi : le battement d'ailes d'un papillon en Amazonie peut provoquer un typhon dans le Pacifique sud. Les petites causes, par accumulation insoupçonnée, engendrent de gigantesques effets. Il en est de même des comportements humains. Les insignifiances amoncelées, lorsque la subjectivité humaine s'en mêle et catalyse, accouchent de ces tragédies qui ornent la première page de nos tabloïdes.

Ce cousin éloigné, honni et délaissé de tous, à qui je viens de rendre visite dans cette institution carcérale qui l'héberge gracieusement, en est la preuve vivante.

Idoland.

– Pas un nom, ça ! avait déclaré Bulle, sa future épouse, lorsqu'on les a présentés. C'est un programme.

– Un programme de quoi ?

– Un programme de haute chevalerie. Il y a du Moyen Âge et du donquichottisme là-dedans.

Elle avait des lettres...

Ils ne se sont jamais quittés. Depuis dix-huit ans, quatre mois et vingt et un jours. (Il vient de me le préciser.) Pas de quoi se retrouver dans le *Livre des records Guinness*, mais pas loin.

Idoland est fidèle. En amour, en amitié et en politique — ce qui est tout un exploit. Le trahissait-on que son imparable naïveté le bardait contre l'atroce réalité des rapports humains, qui rend nos contemporains si cyniques.

Était fidèle, devrais-je plutôt écrire maintenant. Car un matin il y eut ce déclic. Cette blessure secrète, infime, dans la peau tendre d'un fruit, par où s'infiltrera le mal qui pourrira la pulpe fraîche et la rendra blette.

Idoland aimait tout le monde. Mais l'amitié dépend, elle aussi, des proximités géographiques et des compatibilités d'humeur — on ne saurait être le meilleur ami de six milliards d'hommes et de femmes. Ludo était donc la focalisation personnelle des affinités électives — Gœthe, à moi ! — d'Idoland. Marmots, ils avaient joué dans le même carré de sable. Puis ce fut l'école primaire, secondaire, le cégep et l'université où ils s'inscrivirent, sans concertation, dans la même faculté, pour revenir ensuite dans ce quartier qui les avait vus grandir et y enseigner dans la même institution collégiale : leurs bureaux étaient contigus.

Idoland avait servi de témoin lors du mariage de Ludo
avec Brigitte, et vice-versa. Bulle et Brigitte ne se portaient pas cette affection réciproque, mais elles se tolé-
raient et se respectaient. Un samedi les couples man-
geaient chez les uns, le samedi suivant chez les autres. En
juillet, les deux ménages — puis, avec le temps, les deux
familles — s'entassaient dans un campeur et prenaient la
route vers les USA ou la Gaspésie. Une harmonie idyl-
lique, tissée dans l'ordre des choses par le temps.
Indestructible. Jusqu'à ce matin maudit.

Duplessis disait de Louis Saint-Laurent qu'il était insignifiant. Il avait tort. Ce premier ministre canadien était
retors, dangereux même. L'épithète insignifiant ne conve-
nait pas à ce requin de grandes eaux. Mais le mot désigne
bien certains jours où rien d'important ne saurait survenir.
Un mardi, par exemple. On a *blue monday*, *black friday*,
le *rock and roll* du samedi soir, le jeudi c'est le jour de la
paye, le mercredi le pivot de la semaine, le dimanche ce
jour où les enfants s'ennuient... Mais quel poète a chanté
le mardi ? Quel dicton populaire l'a déjà immortalisé et figé
dans le temps ? Aucun. Irrémédiablement, le mardi est
voué à l'insignifiance. Pour l'éternité. Surtout si c'est un
mardi de novembre, en cette demi-saison où il n'y a pas
encore de neige, où les jours sont implacablement brefs, où
la lumière nous fuit, nous abandonne à cette grisaille tris-
tounette qui nous accompagnera jusqu'en avril.

C'est dans un tel décor que Ludo s'est arrêté pour serrer la main de son ami, comme il le faisait chaque matin.
Rien de plus coutumier. Mais, dans sa geôle, Idoland se
demande encore pourquoi, ce matin-là, il avait ressenti
comme une crispation — pas un dégoût, mais quelque
chose s'en approchant peut-être — lorsque son ami était
passé le saluer... Ludo avait comme retenu sa poignée de
main, lui avait-il semblé ; elle était moins franche, plus
sudatoire... Peut-être venait-il de passer aux toilettes ?

À la pause-café, Idoland attendait Ludo à cette table où ils avaient l'habitude de bavarder. Mais Ludo demeurait près de la porte de la cafétéria, y soutenant une conversation animée avec le délégué syndical. Idoland avait eu des ennuis en classe récemment : la fille d'un des membres du Conseil d'administration avait obtenu une note plutôt faible et, devant le groupe, elle avait contesté avec impertinence les barèmes de correction. Idoland lui avait demandé de sortir. L'étudiante avait claqué la porte. Le prof avait déposé une plainte chez le conseiller pédagogique. Le soir même, le père téléphonait. Plutôt insidieuse la conversation... Idoland n'avait rien à craindre : son dossier était sans taches. Mais, tout de même, ce membre du CA appuyait régulièrement la partie syndicale lors de revendications stratégiques... Le syndicat, c'est de la politique ; et la politique, ce sont des jeux de pouvoir.

De retour à son bureau, il s'était mis à rire. Douter de Ludo ! Décidément, novembre ne lui réussissait pas : le blues du Nord.

À 16 heures, il s'était arrêté au bureau de Ludo. Son ami était au téléphone et, en apercevant Idoland dans la porte, il avait rougi, bafouillé et prétexté une urgence pour raccrocher. Puis il avait regardé Idoland comme s'il eut été incongru que son ami vienne lui dire à demain, comme il le faisait chaque jour ouvrable depuis vingt ans. Sur sa table de travail, une enveloppe jaune clair et une feuille de papier bleue ; on y avait griffonné. Ludo les avait prestement fourrées dans un tiroir.

À la maison, Bulle préparait le dîner. Le premier arrivé cuisinait : c'était la règle. Idoland avait embrassé les enfants, puis il lui avait demandé : « Ludo, il m'a l'air de filer tout croche. Tu ne trouves pas ? » Bulle a sursauté, rougi, ce qui ne correspondait pas à son flegme habituel. « Samedi dernier, je n'ai rien remarqué d'anormal », a-t-elle repris avec précipitation.

Décidément, rien ne ressemblait plus à rien...

Il s'était installé sur la moquette pour regarder les *Teletobies*. Même les enfants n'arrivaient pas à le distraire. Les comportements de Ludo — et de Bulle, maintenant ! — après l'avoir intrigué, l'inquiétaient.

Le deuxième mardi du mois, Ludo se rendait chez son chiro. Idoland s'était enfermé au sous-sol et il avait téléphoné à Brigitte. « Ludo m'a l'air un peu bizarre. Il ne serait pas malade ou quelque chose ?... » Brigitte a soupiré : « Si seulement je pouvais parler... Tu le sauras bien assez tôt. Sois patient, dans pas grand temps tu vas tout savoir. »

Brigitte faisait des mystères. Jusqu'à ce téléphone, il espérait fabuler. Mais sa suspicion était fondée. Brigitte n'avait rien nié. Mais de quoi s'agissait-il ? Si Ludo avait été malade, elle le lui aurait dit, en toute simplicité : ils étaient si proches, si intimes.

Le dîner passait mal. Des cauchemars et de longs réveils avaient entrecoupé sa nuit. Au matin sombre d'automne, il était plus fourbu qu'au coucher.

Sous la douche glaciale, il avait entendu le timbre de la porte-avant. Qui pouvait venir si tôt ? Il se frictionnait lorsqu'il entendit Bulle revenir dans la chambre et le grincement caractéristique du deuxième tiroir de la commode.

– C'était qui ?

– Rien d'important, le facteur. (Et elle s'était gratté le nez, comme Clinton devant la commission d'enquête dans l'affaire Lewinsky !)

À cette heure ! L'été, il passe tôt pour éviter les touffeurs du jour, mais en novembre ?

Il allait sortir une chemise du premier tiroir. Sa main était descendue vers le deuxième. Il l'avait tiré. Entre les bustiers et les petites culottes, une enveloppe jaune, non cachetée. Il l'avait entrouverte pour y découvrir un papier bleu. Il n'avait pas eu le temps de le déplier : Bulle entrait.

Dans l'embouteillage de 8h30, derrière les essuie-glaces qui balayaient une giboulée innommable, il essayait de démêler cette pelote, et peu importe la ficelle sur laquelle il tirait, il ne découvrait pas l'ombre du début d'une solution. Pourquoi, diable, Ludo livrerait-il des messages secrets à Bulle au lever du jour ?

La vue familière du parking et des murs en pierre de taille le réconfortèrent. Pas pour longtemps... Ludo et le directeur pédagogique discutaient ferme dans le hall. Ils l'aperçurent et s'interrompirent aussitôt, sourires gênés aux lèvres.

C'en était trop. Une soudaine envie d'uriner l'avait propulsé vers les toilettes.

Idoland se rendait à son bureau. Ludo l'avait hélé.

– Je me suis acheté une 30-30. Ça fait des années que j'en rêve. Avec levier, comme dans les westerns...

Ludo ne chassait pas, mais il avait toujours aimé les armes. Sa bibliothèque regorgeait de magazines américains.

– Si on allait l'essayer samedi prochain ? Sur la terre à bois de mon frère, il y a une carrière de gravier. Parfait pour tirer. Ça serait l'occasion d'aller faire un tour à Saint-Euxème.

– Tu sais, moi, les fusils, les carabines...

– Au fond, je peux te l'avouer, c'est surtout pour mon père que je tiens à y aller. Sa santé va pas fort.

– Si c'est pour ton père, c'est autre chose. Je l'aime bien. Va falloir revenir pour le souper, c'est à notre tour de vous recevoir.

Pendant ce court échange, Idoland avait noté la présence d'un livre de la collection 10/18 sur la mallette de Ludo.

– *Le Prince* ! Tu t'es remis à Machiavel ?

– Il me rappelle nos années d'université. Les symbolistes, ils commencent à me faire chier. Je les ai trop enseignés peut-être. Sa lucidité brutale me repose des envolées éthiques et fleuries de nos politiciens.

– Les symbolistes, ça fait vingt ans, moi aussi, que je les enseigne. J'aurai quarante-six ans bientôt...

– C'est ton anniversaire samedi, si je me souviens bien.

– Ouais.

> Mon enfant, ma sœur,
> Songe à la douceur
> D'aller là-bas vivre ensemble !
> Aimer à loisir,
> Aimer et mourir
> Au pays qui te ressemble !
> Les soleils mouillés
> De ces ciels brouillés...

Pour la quarantième fois Idoland reprenait l'analyse de *L'invitation au voyage*, lorsque la réalité — sa réalité — l'avait rattrapé. Une charge de briques mésopotamiennes sur le crâne. Il ne pouvait continuer son cours.

« Exercice, avait-il dit à ses étudiants. Trouvez-moi les allitérations à l'intérieur des huit premiers vers. »

Et il s'était assis — ce qu'il ne faisait jamais en classe.

Tout devenait limpide : la nouvelle façon qu'avait Ludo de regarder Bulle, les messages au petit matin, ses conciliabules avec des membres de la direction et du syndicat, les inquiétudes de Brigitte sur lesquelles il serait bientôt éclairé, Machiavel, la nouvelle arme... Cette carrière de gravier est à plusieurs kilomètres de toute civilisation. L'endroit idéal pour un meurtre crapuleux, un accident de chasse suspect ou, plus subtile encore, un suicide ! Eh oui ! De là les insinuations calomnieuses auprès du syndicat et de la direction pédagogique : Idoland ne pouvait supporter ses échecs professionnels et matrimoniaux.

Malgré les supplications de son ami, il serait soudain devenu dément et aurait retourné l'arme contre lui ! Bulle et Ludo pourraient filer le parfait bonheur.

Sous une neigette folâtre, Idoland attendait dans le parking. Ludo s'avançait, sourire aux lèvres :

– On va prendre un pot avant de rentrer ?

– Faux-cul ! avait répliqué Idoland.

Et il l'avait frappé en plein visage.

Malheureusement la nuque de Ludo avait heurté le rebord du trottoir...

Au procès pour meurtre, le directeur pédagogique, le délégué syndical, Brigitte et Bulle ont témoigné : le 2 décembre, c'était l'anniversaire de naissance d'Idoland. C'était aussi sa vingtième année d'enseignement. On avait eu l'heureuse idée de combiner le tout en une cérémonie mi-officielle, mi-amicale à la résidence de Ludo. Connaissant le caractère introverti, casanier — pour ne pas dire renfrogné — d'Idoland, on ne voulait pas commettre d'impairs : de là, les nombreux conciliabules et les nombreuses révisions de la liste d'invités par les témoins susmentionnés. Aucun impair ne devait troubler la sérénité de cette fête de l'amitié...

Dans une Amazonie de rêve, des millions de papillons sèchent leurs ailes au soleil. Dans une heure ils prendront leur envol, et les battements de leurs ailes engendreront orages, typhons, tornades, tsunamis, raz-de-marée sur les sept continents. L'esprit humain est mille fois plus vaste que la planète et les insectes qui l'habitent plus monstrueux.

LES MOTS DÉRAILLÉS

Car, pour l'écrivain, se dissolveront les mots : et l'univers de mots édifié se délitera soudain, et le vide engouffrera celui dont les armes dernières seront l'ironie douce, l'humour contre soi et une peau tiède que paumes et doigts pourront effleurer.

Une lumière aveuglante darde ses pupilles. Le jeune médecin dit à Markita :

– On ne sait jamais avant leur mort, vous savez ? On ne sait jamais avant l'autopsie si c'est vraiment de l'alzheimer ou de la sclérose au cerveau.

Il tâte les carotides, hoche la tête, puis son œil se pose sur une bibliothèque chargée, contre le mur.

– Vous aimez lire, vous, hein ? Vous avez beaucoup lu...

Il entend mais ne répond rien. Une voix plus ancienne l'accapare.

... Toi, tu joues pas assez dehors, lui répétait sa grand-mère... Marche ! Marche ! Il fait soleil... Julie-Anna, tu le laisses trop lire, ton petit-fils... Va finir au sanatorium, comme le notaire Morel, ou sur l'échafaud, comme Albert Guay, répétaient les voisines en robe noire... Il ne saura jamais rien faire de ses dix doigts, répétait le vieil-oncle : il est condamné à devenir curé ou, mieux, évêque — sans ça, il va crever de faim...

Il ne lit plus. Les lettres forment à peine des mots, les mots ne forment plus de phrases, les phrases de paragraphes, les paragraphes d'histoires... Il n'y a plus d'histoires. Les histoires qui nichent au creux des livres se sont effacées en même temps que son histoire, à lui. Il les caresse, ces livres, et Markita les époussette.

Lorsque la nuit se hisse hors des ravines, lorsque la nuit se répand par toutes les saignées de la terre, Markita se retire. Seul devant sa fenêtre, il attend le jour. De la ville, sous lui, s'allument et montent des milliers de lumières. Sur le

bras de son fauteuil, un bouton rouge. « Au cas où... » a dit
Markita. (Au cas où quoi, en fait ?) C'est alors qu'il se lève
et passe son index sur la tranche des livres. Comme il ne
peut plus les entendre, il leur parle. Dans l'immeuble, les
remugles des repas tardifs ; dans le couloir, un rire de
femme.

Il boit. Première gorgée de son whisky quotidien, celui
que la femme a versé avant de refermer la porte derrière
elle.

Ce matin, c'est son anniversaire — c'est ce que
Markita annonce. Elle le lui apprend : tous ont des anni-
versaires, même elle, en juin. Ou peut-être en septembre...
Il ne s'en souvient déjà plus. Elle lui apporte des chocolats
— de ceux auxquels il n'a pas droit ; et elle lui demande s'il
n'aimerait pas sortir, manger au restaurant.

Des rues dans sa tête et une enseigne. Il désigne la
bibliothèque qui déborde.

– Vous voulez aller dans une librairie ? Vous n'en avez
pas assez de livres ? Et vous ne pouvez même plus les lire...
Même pas ceux que vous avez écrits.

Et elle rit. Les yeux de Markita sourient toujours entre
ses couettes blondes. Lorsqu'elle disparaît avec le jour et
que le temps avale son visage, ses yeux persistent, bleus et
rieurs, entre la fenêtre qui dégorge les ténèbres et lui.

– Ce sera comme vous le souhaitez. C'est votre fête, à
vous.

... Voilà pourquoi son fils lui a téléphoné hier. Il s'en
souvient maintenant. Son anniversaire. Je ne vais pas te
voir souvent, mais tu as Markita... T'es chanceux : t'as de
l'argent. C'est pas toutes les personnes âgées qui peuvent
conserver leur appartement et se payer quelqu'un pour les
entretenir et les distraire.

Il s'en souvient. Il l'aime, Markita. Et il aime son fils...

Markita a d'abord voulu prendre un café-cognac. Face-à-face devant une table ronde. De l'autre côté de la rue, une vitrine. Il y devine les livres. Le vent souffle, avec force. Poussières et feuilles mortes en tourbillons rageurs. Parfois, les livres disparaissent. Il s'impatiente. Et il a peur. Un homme raconte une blague, rit et frappe le comptoir. Ses mots et ses rires résonnent longtemps dans sa tête. Sa main gauche attrape la main droite de Markita sur le bois verni. De son autre main, elle recouvre la sienne. L'angoisse se dissipe.

Tu es avant mon cerveau, Markita. Tu es la source de toutes les images... De tous les livres. Tu n'as pas besoin des mots. Tu es de la musique tiède qui passe sur un champ de houblon en juillet.

Elle sourit et verse son cognac dans le café du vieux.

– C'est défendu, mais c'est votre fête.

Il est heureux de sa phrase qui parle de musique et d'été, et parle à la femme. Souvent, il s'est assis devant son clavier : il voulait écrire pour Markita — à Markita. Des lettres surgissaient derrière le curseur. Parfois, il fabriquait un mot, deux mots, trois mots... Il ne pouvait les relier. Ils gisaient sur l'écran, wagons déraillés. Les mots ne s'aimaient jamais assez pour donner naissance à des phrases. Il changeait la couleur des caractères : des mauves, des bleus, des verts... C'était plus joli, mais l'écran demeurait silencieux.

... Il se tient devant l'homme en soutane. « La littérature, vous savez, ça peut devenir un poison pour le cœur et pour l'âme. À tout lire, comme vous le faites, sans les conseils judicieux d'un directeur spirituel, vous vous empoisonnerez et — pire ! — vous empoisonnerez les autres. Nous statuerons sur votre cas. » *Il attend dans les plantes vertes du parloir encaustiqué. Derrière la lourde porte, on discute à son sujet. Des voix confuses chuintent, glissent sur les parquets.*

Qu'on le renvoie de ce pensionnat minable, il retournera chez lui, où des centaines de livres attendent...

Markita le tire par la manche. De partout, des autos se précipitent. Odeurs de pluie chaude, mélangées au bitume. Klaxons et rage.

– Dépêchez-vous ! Pressez le pas ! Ils vont nous passer sur le corps.

Au milieu de la rue, il hésite. Le cognac lui a fauché les jambes. Il atteindra l'autre rive en naufragé.

Elle ouvre une porte vitrée. Une bouffée de chaleur, et il reçoit tous les livres. De leurs présentoirs, les livres l'assaillent. La charge des pages-couvertures. Il déambule, étend la main...

... Le ghetto de Prague et ses odeurs de choux ; la musique lente de la steppe ; le khamsin qui hulule dans les ruelles courbes d'Alexandrie ; le jazz sourd et le désespoir cynique des polars ; le Saint-Laurent en attente d'une histoire qui jamais ne survient ; le cri blanc et stoïque de Jack London ; le portuna du divin docteur Ferron, oublié sur les battures, entre Québec et Trois-Pistoles ; les claquements du fouet et la sueur blanche des chevaux de Dmitri Karamazov que Grouchenka espère dans la furie des musiques tziganes ; la nuit sombre que zèbrent les pluies froides de Kœnigsmark ; les daiquiris d'Hemingway, tous phares éteints dans le soir qui progresse ; les peaux duveteuses et parfumées des boudoirs dix-huitième ; la moiteur et les lenteurs d'insecte du monologue faulknérien ; l'Afrique de Conrad, sa torpeur et ses parfums funèbres ; les îlots de joncs et les brumes des Fenns de la Mer de Shannon, où, dans son cri métallique, plane à jamais le Wûlkh de Jean Ray ; les courses en solitaire d'Emily Brontë sur les landes du Yorkshire — désertes et peuplées de spectres ; le chat noir de Pœ, poils hérissés, face au maelström

que vomiront les eaux noires du lugubre district de Lofoden ; l'angoisse du pilote Twain, à la recherche de Sawyer Tom, sur les vases et les chenaux instables du Mississipi ; le fichu de Gabrielle, la royale, abandonné à l'humeur tapageuse d'un pluvier kildir sur cette voie ferrée, à flanc de montagne, en ce Charlevoix où rocs et eaux salines se pourchassent entre les millénaires ; les hurlements sinistres du chien des Baskerville que rendent nuitamment les entrailles de la terre ; l'air sec et froid du Spitzberg, et le froissement soyeux des glaces arctiques contre la coque de l'Admiral Tegetthoff, dans Les effrois de la glace et des ténèbres *de Ransmayr...*

Il aime les seins, la bouche, le sexe de Markita ; il aime la chair de Markita ; il aime sa propre chair qui se souvient sans défaillir des gestes premiers.

Markita dit : « Dans un foyer, tu sais qu'on me foutrait à la porte pour ce que je viens de faire avec toi ? Peut-être, je ne devrais plus revenir ? Ça va rester entre nous ? »

Et elle passe son gaminet.

Il dit : « Ça n'a pas d'importance. Demain, je ne m'en souviendrai plus. »

Elle dit : « Moi, si. »

Markita semble triste maintenant. Ça lui déplaît. Il caresse sa joue des doigts.

Il dit : « À ton âge, on ne devrait jamais être triste. Quel âge tu as ? »

Elle pouffe : « On ne demande pas ça à une femme. Ce n'est pas poli... »

Et dans un rire, elle chuchote à son oreille : il écarquille les yeux.

Avec Markita à ses côtés — et il ne sait trop ce qu'elle fait là — ce soir, les ravines et les saignées de la terre échapperont plus lentement la nuit...

– Toi, Tarzan, moi, Jane.

– Toi, Jane, moi, Tarzan, reprend celui dont l'esprit se perd dans une forêt de lianes et de signes, et dans la cacophonie des singes hurleurs.

Car, pour l'écrivain, se dissolveront les mots : et l'univers de mots édifié se délitera soudain, et le vide engouffrera celui dont les armes dernières seront l'ironie douce, l'humour contre soi et une peau tiède que paumes et doigts pourront effleurer.

CE SACRÉ THIN

Tel déambulait, sûr de ses infirmités et de lui-même, jusqu'à ce que son miroir le terrorise un jour, d'un reflet qu'il méconnaissait. À la métamorphose de son image se superposa aussitôt une métamorphose radicale du monde. Selon sa nature ou les circonstances, il optera pour la dérision, la dépression et même, ultimement, pour le suicide. Certains se révèleront soudain géants, d'autres nains...

À moins que nos semblables, les autres, ces policiers patentés du réel commun, ne parviennent à réintroduire dans ce cerveau soudain sage la vision culturellement partagée des univers physiques et sociaux.

Écrire qu'il rasait les murs constituerait une fausseté par restriction mentale. Les murs, il s'y collait, s'y fondait, s'y profilait comme une ombre grisâtre. Un fantôme ! Encore vivant, il s'exerçait à cette future profession abyssale. On l'avait surnommé Thin — traduction anglaise de *mince*. Moi, j'aurais opté pour Pellicule, mais enfin... On a le nationalisme qu'on peut vivre.

Par son anonymat inhérent, il échappait même à la bureaucratie tatillonne et à ses ordinateurs. Les coupures de personnel sévissaient dans notre Centre de recherche : aucune ne touchait l'obscur, l'impavide et l'indestructible Thin.

Après une de ces exécutions de masse, un agent du personnel m'avait déclaré : « Ce sacré Thin, on l'a encore oublié ! Je me demande comment il a pu y échapper cette fois... »

Ça m'avait rappelé ce que dit le zen : « L'homme parfait devient invisible aux autres, ses actions ne laissent aucune trace. »

Un technicien m'avait juré, toutefois, que les recherches de Thin étaient primordiales pour l'entreprise, que dans les congrès un de nos chercheurs seniors, Sigmond Labrie, tirait profit des travaux de Thin le discret, qu'il volait et signait — d'où l'immunité de l'homme invisible. Peut-être ce technicien avait-il raison ? Pas à moi d'en juger : je jouis en sciences d'une bienveillante, entretenue et confortable ignorance.

Thin ne m'effleura plus l'esprit jusqu'à cette matinée automnale où Brochu, notre directeur des opérations, interrompit ma lecture du *Devoir*.

– Il se passe quelque chose de bizarre chez Thin. Au moins trois fois que sa femme appelle... Euh, le directeur est absent, t'es le plus haut dans la hiérarchie. Tu devrais y voir.

Il mentait. Le plus haut dans la hiérarchie, c'était lui. Mais le rang a ses privilèges, dont celui, entre autres, de refiler les corvées aux subalternes.

En composant le numéro, je n'arrivais pas à me souvenir du vrai nom de Thin. Aux marges de l'hystérie, son épouse me raconta une histoire abracadabrante dont je ne pouvais recoller les morceaux. Elle insistait pour parler français, remarquez, ce qui n'arrangeait pas les choses. Lorsqu'elle me déclara : « *La faute c'est à vous, là. C'est vous qui avez fait tout mal...* » je ne suis pas entré dans les subtilités linguistiques ; à savoir si ce *vous*, c'était moi-même ou l'entreprise. J'ai sauté dans un taxi et je me suis rendu pour la première fois à cette résidence aux volets verts qu'ornent des esses — celle de Thin.

Une grande rousse est venue ouvrir. Figure rougie, elle reniflait dans un kleenex. La femme du Fantôme ! Peine à voir. Mais quelque chose d'enivrant dans l'arôme.

Elle me fit signe de la suivre à l'étage.

De l'escalier j'entendis ces premiers gloussements que perçaient soudain des ricanements, comme lorsque des enfants se chatouillent. Froid dans le dos... Oh non ! je n'allais pas me retrouver, là-haut, dans une scène de *L'exorciste* ! J'ai figé sur place. Le Diable, j'en ai peur. À première vue, il est beaucoup plus facile de croire en lui que de croire en Dieu. J'avais encore peu d'années de vie à l'époque, mais quelques emplois bien rémunérés m'avaient déjà convaincu de l'existence du Diable, de son insertion circonspecte et efficace dans les affaires humaines. Mais j'étais cadre ; je représentais l'entreprise, donc l'autorité — du courage !

La femme de Thin poussa la porte.

Sur le lit, dans la position du lotus, je ne retrouvai ni la figure poussive et pustuleuse de Linda Blair ni ses torsions du crâne à cent quatre-vingts degrés, mais un homme qui était en tous points la réplique de Thin. En plus consistant. Et qui riait ; dont les épaules et la bedaine tressautaient sous un rire irrépressible.

– Y a longtemps ?...

– Trois jours et trois nuits. Depuis qu'il est revenu de votre *goddam seminar... We have been married for twenty two years and not once I heard him laughing before... You should talk to him.*[5]

On dit quoi à un homme qui rit ? Un homme qui pleure, on a tous en mémoire de ces phrases creuses pour le consoler. Mais un homme qui rit ? Pas prévu dans les ouvrages sérieux sur la gestion des ressources humaines.

J'ai hésité plusieurs minutes, puis :

– Mangez-vous ?

(En fait d'ineptie, championnat toutes catégories ! Impossible de trouver mieux.)

– Non, mais il boit. De l'eau seulement, précisa la rousse.

– Vous aimez rire ?

Décidément, dans l'absurde j'étais en train de battre Ionesco de plusieurs longueurs. Et lorsque Thin pointa un doigt dans ma direction avant de monter le volume de son rirophone, la situation devint intenable.

– Je m'informe et je vous rappelle.

M'informer de quoi ? À qui ? Aucune idée. Mais sortir de là au plus vite.

En automne les jours se répètent, lourds et gris, comme ces gouttes que les flaques avalent, une à une. Une pluie gluante rabat la joie, rabat la lumière. Je déteste ces premiers jours de décembre, ces soleils laiteux, ces brumes maladives,

---

5 « Nous sommes mariés depuis vingt-deux ans et je ne l'ai jamais entendu rire. Pas une seule fois. Vous devriez lui parler. »

cette obscurité hâtive, hypocrite. Mais, ce jour-là, je marchais sous les saules dégoulinants et en arrivais même à apprécier les horizons montueux auxquels s'accrochaient des nuages anthracite. Tout plutôt que cette maison où les rires fous de Thin secouaient murs et nerfs. Pauvre femme !

Au Centre, je me suis arrêté au bureau du personnel. Le directeur était absent. Je trouvai le responsable de la formation.
– Vous avez envoyé Thin à un séminaire ?
– Un instant...
Il sortit une feuille quadrillée.
– 28, 29, 30 novembre... Séminaire *Prendre son envol*.
– De quoi ça retourne ?
– Groupe de croissance, genre...
Il extirpa un fascicule ocre d'un tiroir.
– Lisez ça. Vous en saurez aussi long que moi.

PRENDRE SON ENVOL AVEC LA SUPPRESSION DIACHRONIQUE...

Redécouvrez votre liberté intérieure. Explorez le vide et croissez. Grâce à une méthode scientifique et dynamique — la suppression diachronique, débarrassez-vous à jamais de ces mécanismes autorépressifs qui vous coupent de la JOIE. L'existence est JOIE, joie d'être, joie d'exister. De cette JOIE légitime, depuis notre enfance, on nous prive. Nous nageons dans la JOIE, mais la majorité d'entre nous l'ignore. On nous a appris que l'existence est douleur, et nous l'avons cru. Nous sommes donc des aliénés de notre JOIE et de notre créativité. Triplez votre quotient de bonheur et devenez plus productifs. Trois jours pour de tels résultats, c'est vraiment peu.

Shaniah Winch est une éveillée. Une initiation aux Indes et un séjour prolongé dans les Andes l'ont libérée de tous ses conditionnements et ont ouvert son troisième œil. Depuis, elle parcourt le monde et dispense l'éveil. Sa réputation n'est plus à faire. Parmi ses clients les plus célèbres, on retrouve des gestionnaires de plusieurs constructeurs automobiles japonais, quarante-huit vice-présidents d'Hydro Québec, des membres de la famille royale britannique, quatre athlètes qui ont représenté le Canada aux Olympiques, des joueurs de hockey professionnels et les membres du groupe rock californien Heads and Skulls.

– La gourou péruvienne sévit encore, a commenté Dino Metalluci.

Dino est psychologue. Il supervise nos PAE[6]. C'est à sa porte que je suis allé frapper.

– C'est quoi, Dino, la « suppression diachronique » ?

– La nouvelle mode pour les sessions de croissance personnelle. Très *tendance*. Une forme de dynamique de groupe. On réunit les gens dans une salle, trois jours, quatre jours, une semaine parfois. Par toutes sortes de techniques on les chauffe, on les amène à l'autoconfession. En fait, on les rend conscients des leurres qui les font se lever et partir au travail chaque matin. On les force à se regarder dans un miroir, à examiner leur vie sans artifices, leurs relations avec leurs proches...

---

[6] Programmes d'aide aux employés.

Ça m'apparaissait de la dernière subversion.

– C'est dangereux ?

– Non. Plutôt inoffensif. Sauf pour le budget des participants. Ils ne travaillent pas tous pour une transnationale. C'est pas donné. Cette fille-là, Shaniah Winch, son vrai nom, c'est Yvonne Tremblay. Elle était en psycho à Laval en même temps que moi. Elle n'a pas fini son bac. Elle s'est lancée dans les cristaux, puis ç'a été les Indes, le Pérou... Si tu veux un avis non professionnel, c'est un escroc. En plus, elle est folle comme de la marde ! Ce serait juste drôle, s'il n'y avait pas des cas comme Thin.

– Tu veux t'en occuper ?

– Je vais l'envoyer consulter en psychiatrie. Je le réfère à Perrichon. Avec une médication, Thin va revenir à la normale en quelques semaines.

De retour à mon bureau, je me suis dit : « Faudrait que j'en dise un mot à son épouse. Comme ça, elle pourra un peu préparer Thin. »

Elle m'a écouté religieusement. Cette fois je m'exprimais en anglais. Aucune équivoque.

À la fin du téléphone, elle m'a dit avec une voix que je ne lui connaissais pas : « *My name is Sheila...* »

J'avais presque oublié Thin.

Une fin d'après-midi, alors que je m'occupais sagement au choix de mes vins et spiritueux pour les Fêtes, un téléphone de Perrichon allait me ramener Thin en mémoire. Et de façon plutôt brutale.

– Y a combien de gnochons comme toi à la direction de ce Centre-là ?

– Plaît-il ?

– Joue pas au fin-fin. Vous en avez envoyé combien de vos chercheurs aux sessions de Shaniah Winch et de ses semblables ?

– Faudrait demander à Dino...

– Vous êtes de beaux irresponsables...

Le psychiatre m'a demandé si je savais ce qu'est un mécanisme de défense. Devant mon hésitation, il m'a expliqué :

– C'est ce qui m'empêche de traverser la rue pour aller te casser la gueule. C'est ce qui nous permet de vivre avec nous-mêmes tout en demeurant sains d'esprit. C'est ce qui nous permet de garder l'angoisse en laisse pour mener une vie à peu près normale. C'est ce qui nous permet de nous reconnaître quand on se regarde dans le miroir. De nous mentir juste ce qu'il faut...

– J'ai compris, Perrichon, inutile d'en remettre.

– J'en doute ! Vous n'avez jamais pensé à faire passer des tests avant d'envoyer quelqu'un à une de ces sessions-là ? Ça pourrait éviter des accidents.

– Je comprends.

– Non, tu comprends rien, viarge ! Une personne normale, on lui détruit ses mécanismes de défense et il s'en reconstruit d'autres en quelques heures. Un *borderline*, un vulnérable comme Thin, c'est un petit singe tout nu dans le champ en hiver !...

– Je comprends.

Et, avant qu'il me répète que je ne comprenais rien, j'ai raccroché. Perrichon était vraiment trop impoli. La psychiatrie dérange l'esprit de ses praticiens — c'est bien connu — mais, comme l'alcool, elle n'excuse pas tout. Son idée des tests avait tout de même du sens. J'ai téléphoné à Dino.

– Perrichon t'a téléphoné... Je lui ai donné ton nom. Le directeur est absent...

(Plutôt mal à l'aise, le Dino.)

– Tu le sais, Dino, j'ai rien à voir dans ces formations-là !

– Je le sais. Mais moi, Perrichon, je ne peux pas me mettre mal avec lui. Il sert de médiateur dans mon divorce...

Si je comprenais. Le crosseur !

Puis nous avons discuté de ces tests psychométriques préalables. Ces instruments bénis allaient nous permettre d'éliminer à la source tous ces aspirants à la croissance qui pourraient nous revenir poqués de sessions avec les Shaniah Winch de ce monde.

– Une excellente suggestion, a conclu Dino. On en discute à notre prochaine réunion multi. Puis on forme un comité là-dessus...

J'étais soulagé. Un comité ! On n'en entendrait plus jamais parler.

Fallait donner des nouvelles à Sheila. Ne serait-ce que pour bien montrer que Alphatel Corp. *cares !* Ses employés ne sont pas son moindre souci.

– Thin a commencé à prendre ses médicaments. Il ne rit presque plus. Je vous remercie de tout ce que vous avez fait pour nous...

Ce n'est pas tellement ce que cette Sheila dit, en anglais ou en français, mais c'est la façon dont elle le dit : il me semble voir aller et venir sa petite langue rose entre ses dents.

Au début de février, j'ai aperçu Thin, un midi, à la bibliothèque. Je l'ai bien observé. Encore un peu de densité, mais ça allait s'amenuisant — j'aurais presque pu lire à travers lui les journaux suspendus au présentoir derrière son tabouret. Un sourire s'esquissait encore parfois à la commissure de ses lèvres, mais rien à voir avec l'exubérance de décembre. Triste, morne, absent, il tournait sans les lire les pages d'un magazine. Une rémission ? Une guérison ?

Je me suis arrêté pour passer la bonne nouvelle à Dino.

– Thin est revenu à la normale...

– Je sais. Ses médicaments lui conviennent. Encore quelques semaines et tu ne le verras même plus. Ça roule fort pour lui. Brochu et le directeur du Centre ont rencontré Labrie avant Noël. J'ignore ce qu'ils se sont dit, mais en janvier Thin a cosigné un article super-important avec Labrie : une véritable révolution de nos procédés de fabrication. Dans un préambule, Labrie a dû expliquer à quel point il est redevable à Thin pour la rédaction de ses articles antérieurs. Thin l'a accompagné à au moins deux reprises dans des rencontres en R & D[7] au siège social... Un vice-président exécutif l'a à la bonne. Thin a la cote ! En mai, il se rend au Japon comme porte-parole scientifique et officiel d'Alphatel Corp. Vraiment, ça roule fort pour Thin...

— C'est généreux de la part du DG[8] et de Brochu d'avoir forcé Labrie à rendre justice.

— T'es bien naïf ! Tu n'y es pas du tout. Ils voulaient casser Labrie. Imagine-toi donc que Labrie préparait en secret un rapport pour un de ses copains qui siège au CA[9] d'Alphatel Internationale. Leur but ? Fusionner notre Centre et celui de Toulouse ! En bref, ils nous fermaient. On passait sous la coupe des Français. On aurait eu le choix entre déménager ou démissionner. Labrie a une fille qui vit au Liechtenstein. Il voulait se rapprocher de ses petits-enfants.

— C'est tout de même bien ce que Brochu et le DG viennent de faire pour la région...

— Penses-tu ? Sais-tu combien de maisons de rapport ces deux gars-là possèdent dans le coin ? Sans compter une pourvoirie ? Sais-tu chez combien de nos fournisseurs ils sont *silent partners* ? On ne le saura jamais. Ils sont en conflit d'intérêt comme c'est pas possible. Ils n'ont pas envie de laisser filer la poule aux œufs d'or.

Sheila ignorait donc les récents succès de son époux ?

Thin mangeait toujours au Centre le midi. Je repris le chemin maintenant bien familier de cette maison aux

[7] Recherche et Développement.
[8] Directeur général.
[9] Conseil d'administration.

volets verts qu'ornaient des esses inutiles. Derrière cette porte aveugle et sourde, m'attendait cette langue rose qui roulait si bien mon nom.

J'ai quitté Alphatel Corp. cette même année.

Cinq ou six ans plus tard, un matin, j'ai dit à Sheila :

– Conduis-moi au Centre.

J'avais quitté l'entreprise sans rancune ni colère — sans raisons en fait. Par simple atavisme nomade. Pour le simple plaisir de me rendre dans un autre lieu et d'y étudier les grandeurs et les mesquineries de l'espèce. J'avais besoin d'un document : un plan de développement des ressources humaines élaboré chez Alphatel. La généreuse entreprise ne voyait aucun inconvénient à ce que je le réutilise chez mes nouveaux employeurs.

Sheila immobilisa l'auto sous les saules.

Autour des usines, impossible de faire croître des conifères ou des feuillus plus exigeants quant à la qualité de l'air. Seuls les humains, les chiens et les saules arrivent à y vivoter dans l'attente d'un cancer ou d'une quelconque maladie pulmonaire. Mais malgré les exigences du profit, l'entreprise respecte minimalement la verdure : Alphatel a planté des saules partout. Ces arbres ont d'ailleurs contribué à mon éveil et à mon départ.

On était en mars. En route vers le travail après un déjeuner en compagnie de Sheila, à la radio, *Le blues du businessman* de Claude Dubois. Par la fenêtre de mon bureau, les grands saules dont les têtes battaient dans les vents tièdes ont accroché mon œil. Juste au-dessus, une flopée de corneilles : elles montaient, descendaient, tourbillonnaient, planaient, se pourchassaient, se laissaient tomber en chute libre...

– As-tu vu comme les corneilles ont l'air de bien s'amuser ? m'avait crié John Boyle de son bureau.

Le malaise engendré par la toune de Dubois s'était élargi. De simples oiseaux noirs, sans grand éclat, jouissaient d'être, s'amusaient, folâtraient en toute liberté, et moi, le roi de la création, j'allais continuer à cultiver l'ennui dans cette cage dorée mais triste ?

J'ai vidé mes tiroirs.

– Vaut mieux que tu restes dans l'auto, j'ai dit à Sheila.

Brochu avait déjà fait photocopier le document. Je l'ai remercié. Il avait l'air embarrassé.

– T'as su pour Thin ?

Je savais que les choses continuaient à bien rouler pour lui. Sheila recevait peu de nouvelles, mais les versements d'une pension généreuse rentraient régulièrement et nous permettaient une vie bien au-dessus de nos moyens.

– Il occupe le bureau de Gianconi. Et il aimerait te voir.

– Il remplace le directeur ?

– Par intérim. Dans deux mois il part pour la Suisse...

Je sifflai entre mes dents. La Suisse, Genève, c'était — c'est — la consécration !

Sans ses lunettes, sans sa chevelure un peu bizarre, je ne l'aurais jamais reconnu. Thin éclata d'un franc rire et traversa son bureau spacieux pour m'accueillir, me serrer la main.

Il vous avait une de ces densités. Jamais je n'aurais pu lire à travers lui.

– Je vous donne ma carte, Gagnon. Si jamais je peux vous être utile, n'hésitez pas !

J'étais abasourdi. Dans le passage, j'ai demandé à Brochu :

– Il ne prend plus ses médicaments ?

– Il n'en a plus besoin. Tu comprends, il...

Brochu s'interrompit pour saluer obséquieusement une blonde revêche en tailleur agressif, qui le regarda à peine.

Il me demanda :
– Tu la connais ?
– Non, je dois avouer...
– Yvonne Tremblay.
La mémoire s'alerta. Dino, la *suppression diachronique*...
– Shaniah Winch !
– Tu comprends maintenant pourquoi il t'aime autant : tu l'as débarrassé de Sheila et tu lui as permis de rencontrer Shaniah Winch !

J'aurais pu expliquer, comme j'avais déjà tenté de le faire avec Perrichon : je n'avais rien à voir avec ces formations... À quoi bon ? Et puis, était-ce dans mon intérêt ?

Tel déambulait, sûr de ses infirmités et de lui-même, jusqu'à ce que son miroir le terrorise un jour, d'un reflet qu'il méconnaissait. À la métamorphose de son image se superposa aussitôt une métamorphose radicale du monde. Selon sa nature ou les circonstances, il optera pour la dérision, la dépression et même, ultimement, pour le suicide. Certains se révèleront soudain géants, d'autres nains... À moins que nos semblables, les autres, ces policiers patentés du réel commun, ne parviennent à réintroduire dans ce cerveau soudain sage la vision culturellement partagée des univers physiques et sociaux.

JOUER À SOI

Certains se perdent en forêt ; d'autres en ville. Certains à l'intérieur d'eux-mêmes. Nous avons tous dans la tête de multiples placards, où nous rangeons nos masques, inter-changeables selon les occasions ou les exigences de la sur-vie sociale. Malgré ces métamorphoses itératives, nous avons tous la conviction d'être nous, et conservons cette opinion rassurante jusqu'à ce que l'inopiné brise le miroir et qu'enfant perturbé devant les fragments multiples du moi, nous soyons placés devant ces options : faire l'impos-sible pour les recoller — ce qui demande une énergie incommensurable et, parfois, des adjuvants pharmaceu-tiques ou éthyliques — ou s'abandonner à la dérive de l'ab-sence de soi à soi : nous voguerons alors vers des îles flot-tantes où les Sirènes représentent le moindre mal.

Certains refuseront ces choix et y échapperont par la défenestration, la corde, la balle dans la tempe ou le conformisme grégaire — question de tempérament. Manzen avait cru opter pour les eaux glacées du fleuve.

En principe, on le subventionne pour transformer en réalité esthétique un projet de scénario accepté par le Conseil des Arts. Mais, en réalité, il passe d'une main à l'autre son trophée, cette statuette qu'un rôle de soutien dans une production québécoise *bien de chez nous*, donc probablement inexportable, lui a valu. Lorsqu'on lui a remis sa récompense, il l'aurait crue plus lourde. Sa légèreté l'a surpris. Pendant le dîner de gala, Uta lui a répété :

– Tu n'as pas l'air content.

– Mais si, mais si, je t'assure...

À la fin de la soirée, Francine Grimaldi est venue le féliciter et le rassurer : — Évidemment, ça n'a pas le *glamour* d'un trophée pour premier rôle. C'est du soutien. Mais pour les gens de l'industrie, c'est significatif. Tu vas voir, Manzen, dans les semaines qui viennent, le téléphone va sonner...

Sept semaines ont passé. Et il ne sonne toujours pas, le téléphone. Et lorsqu'il sonne, c'est pour Uta. C'est dans le bureau d'Uta, qui jouxte le sien, qu'il résonne. En attendant la réussite inéluctable de Manzen, pour payer la bouffe et le loyer, elle a mis sur pied une entreprise artisanale : confection de pages web. Et ça rapporte ! Faut dire que les formes bien roulées d'Uta aident à la vente. De plus en plus, Manzen se sent sans utilité aucune. Il se lève chaque matin, de plus en plus tard, pour faire semblant, une heure ou deux, de travailler à la rédaction de ce scénario. Trois soirs par semaine, il joue dans un théâtre expérimental pour un salaire horaire réel inférieur à celui fixé par les Normes du travail. Lorsque les huit comédiens sont moins nombreux que les spectateurs, ils considèrent

la représentation comme un succès. Il devrait choisir
n'importe quel métier — suffit qu'il ait prise sur la vie.
Travailler pour sa conjointe : pourquoi pas ? Elle embauche
quatre ou cinq contractuels dans le moment. Et il n'est pas
si pourri en informatique. Il pourrait sans doute relever la
qualité des textes.

Uta l'aime. Manzen a le sentiment de l'exploiter. Une
impression qui le laisse amer, agressif sans raison avec Uta
parfois. Pourquoi il ne travaillerait pas comme tout le
monde ? Il l'a déjà fait.

Il replace la statuette sur le bureau. Sortir, marcher un
peu.

Il tire son foulard de la penderie. Du bureau de sa compagne des voix, des cliquetis, la vie.

Quels idiots ont émis l'opinion que se promener au
grand air détend ? Tout le contraire. Manzen se sent encore
plus inutile, plus étranger à tout, sans pieds ni mains. Le
facteurs passe le courrier, derrière une vitrine poussiéreuse
des coiffeurs s'agitent dans leur babil incessant, un jeune
homme quête au coin de l'avenue des Pins, les écureuils
courent sur les fils, les étourneaux piaillent et se battent
dans une mangeoire pour subsister, une courtière en
immeubles plante une pancarte devant une maison vétuste...
Tous ont un rôle ; il est le seul personnage qu'un auteur
insouciant a oublié dans une chemise jaunie, au fond d'un
classeur fauve, où s'empilent des scénarios inachevables.
Rentrer tout de même.

— On a reçu une invitation des Deschênes-Courcy,
lance Uta. Genre cinq-à-sept qui se prolonge.

Les Deschênes-Courcy ! L'homme producteur, la femme
réalisatrice. La Grimaldi avait raison : un téléphone significatif. Le genre de réception où se faire voir. À ne pas
manquer.

– Eux et leurs amis, tous des snobs imbuvables, dit Uta. Lofts et Gucci. Mais on doit y aller.

– Des gens à appeler par leurs prénoms composés devant les autres sans les tutoyer, ajoute Manzen. C'est pour quand ?

– Vendredi. Aujourd'hui tout doit avoir l'air improvisé, à la bonne franquette... « Venez comme vous êtes... » Mais attends de voir leurs frusques !

– Faut apporter quelque chose. J'ai vraiment aucune idée... lance Uta.

– Ces gens-là, c'est le vin à 300 $ la bouteille ou le Baby Duck. Rien entre les deux, on aurait l'air de médiocres, de ploucs.

Le soir, il fait l'amour à Uta et il se creuse les méninges : qu'est-ce qu'on pourrait bien apporter ? Pas envie d'avoir l'air colon.

Le lendemain il se lève plus tôt et il téléphone à Giroux. Lui aussi a été invité. Manzen s'en doutait ; Giroux travaille comme régisseur pour Lizza-Zénobie Deschênes.

– Tu apportes quoi ? Ça nous embête un peu...

– J'ai le même problème. Ils ont tout, ils ont tout vu, ces Courcy !

Au milieu de la matinée, Uta entre, surexcitée.

– Je viens de parler à Mireille Lebrun !

– C'est qui ?

– Une copine de cégep. Tu ne t'en souviens pas ? Elle travaille dans la maison de production de Courcy. Ça serait elle qui nous aurait mis sur la liste que je n'en serais pas surprise...

– Merci bien !

Uta se mord la lèvre. Puis elle lance :

– Je lui ai parlé de ce qui nous tracassait et elle m'a donné une sacrée bonne idée. Les Courcy sont très urbains, mais ils sont aussi très Québec-Québec, le genre un peu catalogne, vieux rouet neuf et métier à tisser... Si tu leur apportais un produit de ta région ?

Un bel effort de la part d'Uta, mais Manzen n'est pas convaincu : ils sont nombreux dans la colonie artistique à provenir de ce coin de pays ; on risque de retrouver cinq ou six pots de confiture de bleuets ou, pire encore, des bouteilles de cet apéritif visqueux qu'on a tiré de ce fruit sauvage pourtant délicieux. Et puis, de par son origine ethnique, Manzen ne colle pas tellement au *Cycle du sirop d'érable...*

Penaude, Uta retourne vers son travail.

Manzen dessine des cercles et des carrés sur l'écran de son ordinateur.

Vers midi, Uta se représente dans la porte.

– J'ai faim. Toi ?

Ils marchent sur Maisonneuve et s'arrêtent dans un délicatessen. Uta achète du pain et un fromage. Manzen fouille dans les manuels de cuisine exotique.

À la caisse, une dame a des difficultés avec sa carte de débit. Uta s'impatiente. « Ceux qui font de l'alzheimer devraient écrire leur nip sur un bout de papier ou payer comptant... »

Lorsque la femme se retourne, Uta a un choc. Des yeux de biche, un sourire convenu et des vêtements griffés ! Lizza-Zénobie Deschênes !

– Bonjour. Je vous reconnais. On s'est rencontrées au bureau de Paul-Albert. Vous venez vendredi ? demande la femme en donnant l'accolade.

– Comptez sur nous.

– Je suis bien contente. Monsieur Courcy a tellement aimé Manzen dans *Les Mouches de Brossard*. Il en a parlé pendant des semaines.

– Justement, il est là... bredouille Uta qui se tourne vers son compagnon.

– Heureuse de vous serrer la main. Vous savez, mon mari a beaucoup aimé ce film, *Les Mouches*... Quelle présence vous aviez ! Comment vous avez su donner une dimension in-at-ten-due à un rôle, somme toute, banal... Monsieur Courcy est un de vos fans, un in-con-di-tion-nel : nous avons hâte de vous accueillir chez nous.

Uta a de l'intuition et souvent les audaces de ses intuitions — ce qui fait frémir Manzen.

– À ce sujet, commence Uta, on se demandait... On n'a pas tellement l'habitude, vous savez... Mais vous nous manifestez tant de gentillesse, j'ose : on ne veut pas avoir l'air ridicule. Franchement, qu'est-ce que les invités ont l'habitude d'apporter ?

Manzen va défaillir.

Lizza-Zénobie rit de ses dents astiquées :

– Vous, chère Uta. Vous et Manzen. Ça suffit amplement.

Dans la rue, Manzen est encore sous le choc :

– Tu n'en feras jamais d'autre. Demander à notre hôtesse ce qu'on devrait lui apporter. Jamais été aussi humilié. C'est d'un mauvais goût ! J'aurais lu ça dans un scénario que je l'aurais biffé tellement c'est invraisemblable. Je me cherche un prétexte pour refuser maintenant. Pourquoi t'as fait ça ? Surtout qu'on est pas plus avancés qu'avant.

– Mais si. On sait quoi apporter maintenant. C'est toi qu'ils aiment, Manzen. C'est toi qu'ils veulent. Et, toi, Manzen, tu sais faire quoi ?

Il s'interroge.

– Sincèrement, je ne le sais pas.

– Tu sais jouer, Manzen. Tu es acteur. Ne l'oublie pas !

– Et concrètement, ça signifie ?

– Fais-moi confiance. J'ai ma petite idée là-dessus.

Vraiment pas pour le rassurer.

Tout en marchant, il se disait : « Tout de même charmant la façon dont elle appelle son mari : Monsieur Courcy. Ce vouvoiement entre époux : très vieille France. » Il se souvenait d'avoir entendu Jacques Languirand parler ainsi de sa femme à la troisième personne. S'il se mettait à désigner Uta comme madame Lofoden ? Nah !...

Uta vient d'entrer. Il attend dans le vestibule. De l'intérieur des rires étouffés, des chuchotements. Puis la voix d'Uta :

– Mesdames et messieurs : le Godfather !

Manzen place du papier-mouchoir entre ses dents et ses joues, étire sa mâchoire vers le bas, s'enroue la voix et pousse la porte : *Jé souis venou vous faire oune offré qué vous ne pourrez pas refouser...*

Il sort sous les applaudissements, hausse son épaule gauche, replie sa jambe droite... Entre Quasimodo : *Esméralda !...*

Puis feront leur apparition Hitler, Jean Chrétien (*... Que voulez-vous !...*), Bernard Landry (*... Ce qui est politiquement et financièrement possible sera fait. Le reste, mon gouvernement s'en chargera...*), Stéphane Dion (*... On m'appelle le rat. On dit que je déteste le Québec et les Québécois. C'est un mensonge ! De la démagogie, monsieur le président...*).

Une dizaine de personnages défilent ainsi. Un triomphe. Les plus blasés sourient ; les autres jubilent. On le compare à André-Philippe Gagnon, à Jean-Guy Moreau.

Uta l'accompagne dans le vestibule.

– Tu peux te reposer maintenant. Tu as suffisamment donné.

Ses yeux brillent. — Tu es encore meilleur que je le croyais. Je suis fière de toi.

Un baiser sur la joue et elle entre pour annoncer :
— Mesdames et messieurs : monsieur Manzen Beauséjour !

On applaudit.

Manzen fixe la vitrine derrière laquelle se love un boyau d'arrosage, redresse une mèche, replace ses épaules à leur hauteur habituelle, allonge les jambes... Et soudain la vitrine se transforme en abîme ; il y cherche ses traits, y cherche Manzen... : qui va entrer maintenant ? Après Quasimodo, Hitler, Dion... ? « Tu peux entrer », fait la voix d'Uta de l'intérieur.

C'est la porte extérieure qu'il franchira. Pour se retrouver dans la rue.

Les eaux noires du fleuve, lentes sous le pont de métal, indifférenciées. Elles l'attirent. Il se colle au parapet, penche le buste. Y basculer sera facile. Les eaux engloutiront tout ce qu'il n'est pas. Tout ce vide soudain appréhendé que lui a renvoyé le verre. Cette absence de soi à soi dont il n'avait jamais été conscient et qui maintenant le déchire, le gruge, le brûle et le congèle tout à la fois. Tant de personnages joués hors scène lui reviennent en mémoire et défilent, grotesques, dérisoires, entre le fleuve et lui. Il n'est rien. Il le sait de source sûre maintenant. Cela lui est tombé dessus dans la plus complète spontanéité, comme une évidence longtemps niée. Lorsqu'on lui a demandé d'entrer et cette fois d'être lui-même, dans cette vitrine maudite il n'a reconnu personne. Pas étonnant qu'on lui ait concédé un certain talent à jouer des personnages : aucune démarcation entre eux et lui — il était eux d'emblée puisqu'il n'est rien. L'effort était moins que minime. Revêtir un manteau ; en changer, faire pirouette... Sa fin sera la fin de rien.

– Tu ne vas pas plonger dans cette lavure ? C'est sale et c'est froid, tu sais ?

Le sourire d'Uta. La voix d'Uta. Les yeux d'Uta.

– Je t'ai suivi. J'avais comme une petite idée...

– Je ne suis personne, Uta.

– Ah oui ! Et qui donc vient d'en décider ? Personne ?

Il entre la tête dans les épaules, s'éloigne du parapet.

De la rive viennent des klaxons et des lumières qui se désagrègent dans le courant.

– Te casse pas la tête, Manzen. C'est pas logique, tout ça. C'est la vie. Les femmes comprennent plus vite que les hommes. C'est pour ça qu'elles écrivent moins de ces gros bouquins qui donnent mal à la tête et qu'on n'arrive pas à lire au lit. *Full* sexisme à rebours, hein ? Pour une fois...

Elle le prend par la main, l'entraîne. L'auto est chez les Deschênes-Courcy.

– À propos, tu as un rôle. Un grand rôle, cette fois. Paul-Albert Deschênes-Courcy va te téléphoner lundi. Le battage médiatique est assuré.

Il se dit : « Peut-être qu'à me voir dans les journaux et à la télé j'en arriverai à me croire réel. »

Ils s'éloignent. Manzen tourne la tête. Une silhouette tremblote contre le parapet. C'est lui, abandonné là-bas ? — ou son jumeau d'ombre ? Lentement l'homme bascule et tombe vers les eaux qui s'ouvrent. Il ne songe même plus à lui porter secours.

Certains se perdent en forêt ; d'autres en ville. Certains à l'intérieur d'eux-mêmes. Nous avons tous dans la tête de multiples placards, où nous rangeons nos masques, interchangeables selon les occasions ou les exigences de la survie sociale. Malgré ces métamorphoses itératives, nous avons tous la conviction d'être nous, et conservons cette opinion rassurante jusqu'à ce que l'inopiné brise le miroir et qu'enfant perturbé devant les fragments multiples du moi, nous soyons placés devant ces options : faire l'impossible pour les recoller — ce qui demande une énergie incommensurable et, parfois, des adjuvants pharmaceutiques ou éthyliques — ou s'abandonner à la dérive de l'absence de soi à soi : nous voguerons alors vers des îles flottantes où les Sirènes représentent le moindre mal.

Certains refuseront ces choix et y échapperont par la défenestration, la corde, la balle dans la tempe ou le conformisme grégaire — question de tempérament...

Table

Cet ouvrage
composé en caractères Gaudy corps 12
a été achevé d'imprimer
sur les presses de l'imprimerie Gauvin
à Hull
le quinze août deux mille trois
pour le compte des ÉDITIONS TRAIT D'UNION